Canción

Eduardo Halfon
Canción

Libros del Asteroide

Primera edición en Libros del Asteroide, 2021
Segunda reimpresión, 2023

El autor quisiera agradecer a The Institute for Ideas and Imagination, de la Universidad de Columbia, su generoso apoyo en la escritura de este libro.

Fotografía de cubierta: © Daniel Chauche
Fotografía del autor: © Ferrante Ferranti

Publicado por Libros del Asteroide S.L.U.
Santaló, 11-13, 3.º 1.ª
08021 Barcelona
España
www.librosdelasteroide.com

ISBN: 978-84-17977-55-9
Depósito legal: B. 21.451-2020
Impreso por Kadmos
Impreso en España - Printed in Spain
Diseño de colección: Enric Jardí
Diseño de cubierta: Duró

Este libro ha sido impreso con un papel ahuesado, neutro y satinado de ochenta
gramos, procedente de bosques certificados FSC® bien manejados, materiales
reciclados y otras fuentes controladas, con celulosa 100 % libre de cloro,
y ha sido compaginado con la tipografía Sabon en cuerpo 11,5.

Quizás resultaría agradable ser
alternadamente víctima y verdugo.

CHARLES BAUDELAIRE

Llegué a Tokio disfrazado de árabe.

En la salida del aeropuerto me estaba esperando una pequeña comitiva de la universidad, pese a que era pasada la medianoche. Uno de los profesores japoneses, evidentemente el jerarca, fue el primero en saludarme en árabe, y yo sólo le sonreí con tanta cortesía como ignorancia. Una chica, que supuse la asistente del jerarca o una estudiante de posgrado, llevaba puesta una mascarilla blanca y unas sandalias tan delicadas que parecía estar descalza; no paraba de inclinar la cabeza hacia mí en silencio. Otro profesor, en mal español, me dijo bienvenido al Japón. Un profesor más joven me estrechó la mano y luego, sin soltarla, me explicó en inglés que el chofer oficial del departamento de la universidad me llevaría enseguida al hotel, para que descansara antes del evento de la mañana siguiente. El chofer, un viejo canoso y chaparro, estaba vestido de chofer. Tras recuperar mi mano y agradecerles a todos en inglés, me despedí imitando sus gestos de reverencia y salí persiguiendo al viejo canoso y chaparro, quien ya se había adelantado en la acera y caminaba bajo una ligera llovizna con pasos nerviosos.

Llegamos en nada al hotel, que además quedaba muy cerca de la universidad. O al menos eso creí entenderle al chofer, cuyo inglés era aún peor que las cinco o seis palabras que yo sabía en árabe. También creí entenderle que ese sector de Tokio era famoso por sus prostitutas o por sus cerezos, no me quedó muy claro y me dio pena preguntar. Se estacionó frente al hotel y, con el motor aún encendido, se bajó del carro, corrió a abrir el maletero, dejó mis cosas en la puerta de entrada (todo, se me ocurrió, con la desesperación de alguien a punto de orinarse) y se marchó murmurando unas palabras de despedida o de advertencia.

Yo me quedé de pie en la banqueta, un tanto confundido pero contento de finalmente estar ahí, entre el estrépito de luces de la medianoche japonesa. Había escampado. El asfalto negro brillaba neón. El cielo era una inmensa bóveda de nubes blancas. Pensé que me caería bien caminar un poco antes de subir a la habitación. Fumar un cigarrillo. Estirar las piernas. Respirar el jazmín de la noche aún tibia. Pero me dieron miedo las prostitutas.

❊

Estaba en Japón para participar en un congreso de escritores libaneses. Al recibir la invitación unas semanas atrás, y después de leerla y releerla hasta estar seguro de que no era un error o una broma, había abierto el armario y había encontrado ahí el disfraz libanés —entre mis tantos disfraces— heredado de mi abuelo paterno, nacido en Beirut. Nunca antes había estado en Japón. Y nunca antes me habían solicitado ser un escritor libanés. Escritor judío, sí. Escritor guatemalteco, claro. Escritor latinoamericano, por supuesto. Escritor centroamericano, cada vez menos. Escritor estadounidense, cada vez más. Escritor español, cuando ha sido preferible viajar con ese pasaporte. Escritor polaco, en una ocasión, en una librería de Barcelona que insistía —insiste— en ubicar mis libros en la estantería de literatura polaca. Escritor francés, desde que viví un tiempo en París y algunos aún suponen que sigo allá. Todos esos disfraces los mantengo siempre a mano, bien planchados y colgados en el armario. Pero nunca me habían invitado a participar en algo como escritor libanés. Y me pareció poca cosa tener que hacerme el árabe durante un día, entonces, en un congreso de la Universidad de Tokio, si eso me permitía conocer el país.

Durmió vestido con su uniforme de chofer. Eso pensé al verlo de pie a mi lado, quieto, impávido, esperando a que yo terminara mi desayuno para llevarme a la universidad. El viejo tenía las manos detrás de la espalda, la mirada hinchada y perdida en un punto preciso de la pared delante de nosotros, en la cafetería del hotel. No me saludó. No me dijo ni una palabra. No me apuró. Pero todo él parecía un globo lleno de agua a punto de reventar. Y yo tampoco lo saludé, entonces. Sólo bajé la mirada y seguí desayunando lo más lento que pude, mientras leía mis apuntes en un papel membretado del hotel y practicaba en voz baja las distintas formas de decir gracias en árabe. Shukran. Shukran lak. Shukran lakum. Shukran jazeelan. Luego, al terminarme el caldo de miso, me puse de pie, le sonreí al globo blanquinegro a mi lado y me fui a servir más.

Mi abuelo libanés no era libanés. Lo empecé a descubrir o entender hace unos años, buscando pistas y documentos en Nueva York de su hijo primogénito, Salomón, fallecido de niño no en un lago, como me habían dicho mientras crecía, sino allá, en una clínica privada de Nueva York, y enterrado en algún cementerio de la ciudad. No logré ubicar ningún documento del niño Salomón (nada, ni uno, como si tampoco hubiese muerto allá, en una clínica privada de Nueva York), pero sí encontré el cuaderno de bitácora —el mismo, en perfecto estado— del barco que llevó a mi abuelo y sus hermanos a Nueva York, el 7 de junio de 1917. El barco se llamaba el SS Espagne. Había zarpado de Ajaccio, la capital de Córcega, a donde todos los hermanos habían llegado con su madre tras salir huyendo de Beirut (días o semanas antes de viajar rumbo a Nueva York, la habían sepultado a ella ahí mismo, pero hoy nadie sabe de qué murió mi bisabuela, ni dónde en la isla está su tumba). Mi abuelo, según leí en el cuaderno de bitácora del barco, tenía entonces dieciséis años, estaba soltero, hablaba y leía francés, trabajaba como dependiente (Clerk, a máquina) y su nacionalidad era siria (Syrian, a máquina). Al lado, en la columna de Race or People, también estaba escrito a máquina la palabra Syrian. Pero luego el oficial de migración se corrigió o se arrepintió: tachó esa palabra y, encima, a mano, escribió la palabra Lebanon. Y es que mi abuelo siempre decía que él era libanés, dije, el micrófono apenas funcionando, aunque Líbano, como país, no se estableció hasta 1920, o sea, tres años después de que él y sus hermanos salieran de Beirut. Antes de eso, Beirut era

parte del territorio sirio. Ellos, legalmente, eran sirios. Habían nacido sirios. Pero se decían a sí mismos
libaneses. Acaso por raza o pueblo, como estaba escrito en el cuaderno de bitácora. Acaso por identidad.
Y es que yo soy el nieto de un libanés que no era libanés, le dije al público de japoneses en la universidad
de Tokio, y boté el micrófono. No sé si por respeto o
confusión, el público de japoneses permaneció mudo.

Mis abuelos vivían en un palacio. Para mí, al menos, era un palacio. Contaban que mi abuelo libanés, en un largo viaje por México a mediados de los años cuarenta, se había enamorado de una casa y luego había hecho llegar a Guatemala al mismo arquitecto mexicano, con los mismos planos azules enrollados bajo el brazo, y construirle esa misma casa en un terreno que recién había comprado sobre la avenida Reforma. No sé si esa historia es cierta. Probablemente no, o no tanto. Pero poco importa. Toda casa tiene su historia, y toda casa para alguien es un palacio.

Recuerdo su aroma. Cada mañana, una sirvienta chaparra e iracunda llamada Araceli recorría la casa entera —el inmenso vestíbulo, las tres salas, los dos comedores y dos estudios, el salón de billar y los seis dormitorios del segundo piso—, sosteniendo un incensario de hojas de eucalipto. Mi hermano y yo le teníamos miedo a aquella viejita de nuestra misma altura, gritona, canosa, uniformada de negro, que siempre parecía emerger como un espectro entre una nube de humo blanco. Me es imposible olvidar el efecto que esa dosis diaria de eucalipto, durante décadas, había tenido en las paredes y la duela de madera y las alfombras persas que mi abuelo había traído de Beirut. Pero la casa no sólo olía a eucalipto. Era un aroma mucho más complejo, mucho más elegante, formado también por todas las fragancias y especias que emanaban como almas desde la cocina. Allí se mantenía Berta, la cocinera, que mi abuela egipcia se había robado de un restaurante de comida guatemalteca (El Gran Pavo), y a quien luego había adiestrado ella misma en el arte culinario árabe y el arte culinario israelí (aunque seguro que la hay, yo, afortunadamente, nunca supe la diferencia). Allí freían falafel y kibbes. Horneaban bagels, pan pita, sambuseks de queso, de espinaca, de berenjena. Hacían mujaddara (jaddara, decía mi abuelo): exquisito plato de arroz y lentejas servido con cebolla frita y una salsa de yogur, pepino y hierbabuena. Hacían yapraks: hojas de parra rellenas de arroz, carne de cordero, piñones y tamarindo. Preparaban, en ocasiones muy especiales, un guiso sefardí, de hervido largo y lento (veinticuatro horas), llamado jamín. Hacían yogur fresco, diferentes quesos y mermeladas. En la alacena siempre había botes llenos de rosquitas de anís, bandejas con rombos de baklavá, unos barriles de madera con las aceitunas (negras, moradas, verdes) que mi abuelo importaba de Líbano. Pero Berta, allí, en la cocina, también volvía a sus raíces guatemaltecas y hacía hilachas de carne y pollo en jocón y tamales y pepián y caquic y un maravillosamente espeso atol de elote. Y también allí, todas las noches, en una pequeña jarrilla de cobre, Berta le preparaba a mi abuelo su café turco con semillas tostadas de cardamomo, pues necesitaba él una tacita de café turco para poder dormir.

Mi abuelo se sentaba a la cabecera del comedor, la jarrilla de cobre en la mano y su meñique ligeramente elevado (chispaba su anillo con un diamante de tres quilates), sirviéndoles a todos una tacita de café turco, quisieran o no. Daba él sorbos recios, maleducados. Gritaba en árabe si no estaba hirviendo. Y es que en la casa de mis abuelos el café turco era mucho más que café: era un rito, una cadencia, un hechizo, un punto final a cosas dulces y amargas, la última de las cuales coincidió con la visita de una prima argentina llamada Berenice.

❄

Ella es tu prima Berenice.

Yo estaba hincado en la alfombra persa del vestíbulo, haciendo columnas con las monedas de póquer de mi abuela. Justo encima de mí brillaba el enorme candelabro que siempre creí de diamantes y que requería un complicado sistema de poleas y manivelas para poder limpiar. Era de noche. Sentí vergüenza de estar en pijama y pantuflas.

A ver, niños, salúdense, y nos dejaron solos.

Coloqué una moneda. Se derrumbó la columna roja.

¿Todas de un mismo color?

Berenice se sentó frente a mí. En su boca había un hoyo negro en lugar de dos o tres incisivos. Tenía el pelo más rubio que yo había visto jamás: era casi plateado. Llevaba puesto un ligero vestido rosa. Sus rodillas estaban todas raspadas.

Escuchame, ¿las torres tienen que ser de un mismo color?

No sé, logré balbucir.

Rápido quedó establecida la jerarquía. Yo aún no había perdido ningún diente.

Más bonito mezclar colores, dijo.

Los adultos bebían y charlaban en la sala mientras a nosotros parecían caernos encima los carraspeos y ronquidos desde el segundo piso.

¿Qué es eso?, me preguntó, su frente arrugada, su mirada hacia arriba. Eso, le dije, es el Nono.

✢

Berenice había llegado de Buenos Aires con sus papás a visitar al Nono. Así le decíamos al marido de una de las hermanas de mi abuela, Nono, un viejo de pelo blanco y ademanes lentos y cariñosos. Recuerdo cuatro cosas de él. Uno: que era un puntual feligrés de películas de vaqueros. Dos: bivas, kreskas, engrandeskas, komo un peshiko en aguas freskas, amén, decía en su ladino natal (había nacido en Salónica, Grecia), cuando alguien estornudaba. Tres: huyó de París recién casado con una de las hermanas de mi abuela, pocos días antes de la ocupación alemana, dejando intacto y amueblado el apartamento que habían comprado en la rue de Vaugirard, y que perdieron. Y cuatro: de pronto apareció postrado en un camastro blanco en la galería del segundo piso de la casa de mis abuelos.

Nunca entendí por qué el anciano se mudó a la casa de mis abuelos, ni tampoco por qué se le instaló allí fuera, en la galería, y no en una de las seis habitaciones que se mantenían desocupadas. Pero de pronto allí apareció: muy enfermo, raquítico, siempre acompañado por una enfermera y siempre en camisón blanco, murmurando incoherencias y tendido boca arriba en aquel camastro que habían colocado en el fondo de la galería del segundo piso

—frente a tres grandes ventanales—, una galería que bordeaba todo el perímetro del segundo piso y cuya baranda de hierro daba hacia el inmenso vestíbulo de entrada.

Desde entonces empezaron a llegar familiares de otros países, a visitarlo. Y desde entonces empezaron a resonar los carraspeos y ronquidos del Nono como una perpetua tempestad por toda la casa.

Más bonito así, susurró.

Los dedos largos de Berenice seguían deshaciendo mis columnas azules, negras, amarillas, y luego formando nuevas columnas, intercalando las monedas de póquer con calma y destreza. Estaba concentrada. Por el hoyo negro de su sonrisa se asomó un pedacito de lengua.

¿Qué me mirás, vos?

Nada.

Nada será.

No miro nada.

Algo me mirás.

Me quedé callado y Berenice continuó colocando monedas, despacio, cuidadosa.

Más tarde, dijo, te muestro mis nalgas.

❊

Las gradas de la casa de mis abuelos eran majestuosas.

Subí dos, dijo, ahora bajá una. Así.

Uno empezaba a subir las gradas, sobre la alfombra color vino tinto, hasta llegar a una especie de descansillo, a medio camino.

Ahora, dijo, vos quedate aquí.

Obedecí y me quedé en el descansillo, donde las gradas se bifurcaban y donde uno entonces tenía que decidir si seguía subiendo por la izquierda o por la derecha, o sea, hacia los tres dormitorios de la izquierda o los tres dormitorios de la derecha (aunque la amplia galería era una sola y le daba la vuelta a todo el perímetro del segundo piso).

Ahora, dijo, metete abajo.

Allí, en el descansillo, había una mesita de cedro con rosas frescas y una balanza de bronce y fotografías enmarcadas: por si acaso, suponía yo, le era difícil a uno decidir si continuaba subiendo por la derecha o por la izquierda y quería permanecer un rato en el descansillo, descansando.

Pero qué feos son, dijo, su mirada hacia arriba.

Encima de la mesita de cedro, colgado alto en la pared, había un grandioso relieve de hierro forjado de dos caballos relinchando: un diseño que mi abuelo había copiado de un vaso de jaibol.

Mejor me escondo aquí, dijo, con vos.

No cabíamos bajo la mesita de cedro.

Cuando cuente hasta tres, dijo Berenice, vos subís por la derecha y yo subo por la izquierda y entonces gana el primero en llegar y tocar al Nono. ¿Listo?

Ella contó hasta tres. La dejé ganar. Ni loco quería tocar al Nono.

❅

Los niños estábamos cenando en la mesa de los niños, en el pantry, y los adultos en el comedor, justo a un costado. De vez en cuando Berta venía desde la cocina con una bandeja de kibbes recién fritos, con más gajos de limón, con más tahina, con otro pichel de horchata o agua de canela. Berenice había movido a mi hermano de lugar para situarse a mi lado, y me habló todo el tiempo de sus amigas en Buenos Aires, de su apartamento en Buenos Aires, de sus dos gatos en Buenos Aires. Cuando sirvieron los postres, mi papá se asomó al pantry y anunció que fuéramos al comedor, rápido, que el tío Salomón estaba a punto de leer el café turco.

¿Leer el qué?, me preguntó Berenice, agarrándome fuerte el antebrazo mientras todos los primos empujaban sillas y se iban corriendo y gritando.

El café turco, le dije.

¿Y cómo se lee eso?

Berenice seguía sentada, sujetándome el antebrazo.

Le expliqué que primero alguien se tomaba una tacita de café turco, y que después el tío Salomón agarraba la tacita y se quedaba mirando los granos de café en el fondo y le decía a esa persona su futuro.

Mentira, dijo soltándome.

Es verdad.

Berenice abrió más los ojos.

¿Y a vos te ha leído tu café?

Sólo funciona con gente grande.

Yo quiero que me lea mi café, exclamó.

Pero si no sos grande.

Casi, se defendió.

Berenice ya se había puesto de pie y estaba caminando deprisa hacia el comedor y yo me fui tras ella, más por ella, desde luego, que por el espectáculo del tío Salomón y el café turco.

El tío Salomón no era mi tío, sino un primo de mi abuela. Pero igual todos le decíamos tío Salomón. Era un viejo alto, delgado, apenas calvo, de voz áspera, ojos celestes y tez beduina. Siempre iba vestido impecable: con saco y corbata y gemelos de oro y mocasines tan lustrosos que parecían nuevos. Era el único

que constantemente le ganaba a mi abuelo al backgammon, en la mesa de concha y nácar que se abría
y desdoblaba como una enorme caja china. Podía
quitarse medio pulgar, el tío Salomón. Podía silbar
con la boca cerrada. Podía sacar pequeñas monedas
de mi oreja o cigarrillos de mi nariz. Me introdujo, en
naipes que me obsequiaba en secreto, a mis primeras
mujeres desnudas. No sé por qué, acaso debido a una
sensación de equilibrio o simetría, me gustaba saber
que él y su hermano se habían casado con dos hermanas.

¿Te lo tomaste todo, querida?, preguntó.

La madre de Berenice se limpió los labios, hizo una
mueca compungida y le dijo que sí, que casi todo, que
sólo quedaban ahí los residuos del café molido.

En el fondo de tu taza, le dijo él, resta una sesentava
parte del café.

¿Cómo una sesentava parte?, preguntó ella.

El tío Salomón cerró un poco la mirada y frunció un
poco la frente y le dijo que, según las discusiones ra-
bínicas del Talmud, el fuego es una sesentava parte
del infierno, y la miel una sesentava parte del maná,
y el shabát una sesentava parte del mundo del porve-
nir, y el dormir una sesentava parte de la muerte, y los
sueños una sesentava parte de la profecía.

Ya, dijo ella.

Por su tono, a mí me pareció que la madre de Berenice no conocía o quizás despreciaba esa manera de hablar del tío Salomón, a la vez paradójica y parabólica.

Ahora, querida, coloca el platito encima de tu taza, pero hacia abajo, volteado hacia abajo.

El comedor se había llenado de niños y adultos. La mayoría estábamos de pie, cerca del tío Salomón.

Bien, dijo. Ahora levanta la taza y el platito y, despacio, con cuidado, gira todo tres veces hacia tu izquierda. Es decir, en sentido contrario al reloj.

Hubo un silencio. La madre de Berenice, sonriendo nerviosa y contando en voz alta, giró la tacita tres veces, mientras desde su camastro del segundo piso también se hizo presente el Nono.

Muy bien, dijo el tío Salomón. Ahora, siempre con cuidado, y siempre sosteniendo la taza con tu mano derecha, coloca tu mano izquierda encima del platito. Eso es. Y para terminar, en un solo movimiento rápido, quiero que voltees todo a la vez hacia abajo.

¿Cómo que voltee todo hacia abajo? ¿La taza y el plato, juntos?

Eso es, juntos. Para que la taza quede boca abajo sobre el platito. Sin botar ni derramar nada, ¿entiendes?

Sí, sí, dijo ella y, tras suspirar, logró voltear la tacita y el plato y no derramó nada.

Alguien aplaudió.

Terminamos, querida, puedes dejar todo sobre la mesa, susurró el tío Salomón con calma, sacando un paquete blanco de la bolsa interior de su saco de gamuza. Y ahora un cigarrillo, dijo, mientras esperamos a que los granos de café se sequen y se asienten y nos digan algo.

Sus pasos. Eso fue lo primero. Oímos sus pasos sobre la duela de madera mucho antes de verlos parados en el umbral del comedor. Serios, bigotudos, en sus ceñidos uniformes verde caqui.

¿El señor de la casa?, anunció uno de los militares, más como orden que como pregunta.

Creo que nadie había oído el timbre, ni visto a Araceli atravesar el comedor en dirección a la puerta principal, para abrirles.

Mi abuelo se puso de pie. Caminó hacia ellos. Recuerdo que no se saludaron, no se estrecharon la mano. El mismo militar que había hablado dio media vuelta y salió del comedor con mi abuelo detrás de él. Poco después sonó el chirrido de la puerta del estudio, al cerrarse.

Uno de los militares siguió a Araceli hacia la cocina, otros dos se fueron a vigilar el vestíbulo y la puerta principal, y dos más permanecieron en el mismo lugar, mirándonos en silencio. Mi papá intentó levantarse.

Mejor quédese sentado, caballero, dijo uno de ellos.

Quería ver si necesitaban algo en el estudio.

Sentado nomás, ¿oyó?, dijo con una mano sobre su revólver. No necesitan nada.

Había alguien afuera, en el césped de atrás. Me volví hacia el ventanal que daba hacia el jardín (el lugar favorito de mi abuelo para fumar a escondidas), y vi en la oscuridad una sombra aún más oscura cargando un oscuro fusil.

¿Desean ustedes tomar algo, oficiales, tal vez un café?, les preguntó mi abuela con recato, quizás sólo por llenar un poco el silencio, pero ninguno de los dos contestó.

De pronto alguien tiró o rompió algo en la cocina. Nos llegaron gritos extraños desde el estudio. Escuchamos los golpes y carraspeos y ronquidos en el segundo piso.

¿Qué es eso?

No supe en qué momento Berenice había agarrado mi mano.

Es una enfermera, arriba, cuidando a mi marido, dijo la esposa del Nono, su voz un poco quebrada.

El militar, mirando hacia la galería del segundo piso, encendió un cigarrillo.

Espero eso sea, señora, y no algo más, dijo con humo.

Voy a ver, susurró ella.

Usted no va a ningún lado, señora, espetó el militar, después le susurró algo a su compañero y éste salió rápido del comedor y empezó a subir las gradas y yo me lo imaginé en el descansillo, observando las fotografías y las rosas frescas y los dos caballos de hierro forjado.

El militar se quedó ahí, manoseando la mezuzá de bronce clavada en el marco del dintel. Una de mis tías le dijo que aquello era un talismán judío, que se llamaba mezuzá, que adentro tenía un pergamino enrollado con algunos versículos de la Torá, que se ponía allí, en los marcos de puertas de una casa, para traer buena suerte.

El militar seguía forcejeándolo, golpeándolo con el puño, como si quisiera quitarlo del dintel y llevárselo y así también llevarse la buena suerte.

Nadie le decía nada. Nadie se movía. Los adultos intentaban calmar a los niños con caricias y susurros mientras también intentaban descifrar qué estaba ocurriendo, qué querían tantos militares de mi abuelo, quiénes eran esas voces intrusas que ahora nos llegaban desde toda la casa. Unas desde el inmenso vestíbulo de la entrada. Otras como en sordina desde el estudio. Otras mezcladas con carraspeos desde las gradas y el segundo piso. Otras desde la cocina o el jardín de atrás. Recuerdo pensar que me hubiera gustado ser sordo, pensar que me hubiera gustado meterme los dedos en los oídos y ser sordo y así no tener que escuchar aquellas voces que yo, de una manera muy infantil, entendía que no eran del todo buenas, que estaban fuera de lugar, que no pertenecían a mi mundo de eucalipto y baklavá y coloridas monedas de póquer. De pronto la enorme casa de mis abuelos se volvió demasiado pequeña. Solté la mano de Berenice.

Pero mirá, me murmuró ella con un codazo.

El tío Salomón estaba leyendo el café.

En algún momento el tío Salomón se había inclinado hacia la mesa y había cogido la taza de café y el platito y estaba ahora estudiando las distintas formas y sombras de los granos secos. Todos nos quedamos mirándolo en silencio (salvo el militar, que seguía fumando y muy serio en el umbral del comedor y no tenía ni idea de qué estaba haciendo el tío Salomón). Lo miramos manipular la taza y rotar el platito y de repente alzar las cejas y sacudir la cabeza y suspirar muy ligero y hasta sonreír a medias. Y todos también sonreímos a medias o quisimos sonreír a medias o al menos nos calmamos un poco. Pero el tío Salomón no dijo nada. Nunca dijo nada. Nunca quiso decir qué leyó en aquellos granos, y tampoco quiso decir por qué nunca más aceptó volver a leer otro café turco. Algunos familiares creían que había visto allí la próxima muerte del Nono. Otros, que había visto el retorno precipitado y ansioso de Berenice y sus padres a Buenos Aires. Otros, que había visto el reflejo del presente, de ese momento, de tantos militares merodeando por la casa como bichos salvajes mientras uno de ellos —me enteraría décadas después— le comunicaba a mi abuelo, en el estudio, la noticia del paradero final de uno de los hombres que lo había secuestrado, en enero del 67. Pero nunca supimos. Nunca dijo nada. El tío Salomón sólo terminó de leer ese último café turco y colocó la tacita y el plato sobre la mesa y encendió otro cigarrillo como si nada hubiese ocurrido, medio sonriendo, medio fumando, medio burlándose de algo con todo su rostro beduino.

Le decían Canción porque había sido carnicero. No por músico. No por cantante (ni siquiera sabía cantar). Sino porque al salir de la cárcel de Puerto Barrios, adonde lo habían enviado tras robar una gasolinera, trabajó un tiempo en la carnicería Doña Susana, en un sector periférico de la capital. Era un buen carnicero, decían. Muy amable con las señoras de la zona que compraban ahí cortes de carne y embutidos. Y su apodo, entonces, no era más que una aliteración o un juego de palabras entre carnicero y canción. O eso decían algunos de sus compañeros. Otros, sin embargo, sostenían que el apodo se debía a su forma tan peculiar y melódica de hablar. Y aún otros, acaso los más intrépidos, lo atribuían a su capricho de siempre confesar demasiado, de cantar más de la cuenta. Sus compañeros íntimos, sus camaradas, lo llamaban Ricardo. Pero su nombre era Percy. Percy

Amílcar Jacobs Fernández. Fue él, Percy, o Ricardo, o Canción, quien unos años después de ser carnicero secuestró a mi abuelo.

Llegué demasiado temprano. Me dirigí a la barra y saludé al cantinero, un viejo vestido con camisa blanca y pantalón negro que parecía llevar toda la vida ahí, detrás de esa misma barra, preparándoles tragos a esos mismos clientes.

Qué le sirvo, caballero.

Me sorprendió haberle oído (bisbiseaba sin abrir la boca, como un ventrílocuo), hasta que advertí que en el bar reinaba un silencio casi total. Nada de música. Pocos y solitarios comensales. Le pedí una cerveza Negra Modelo y me fui a esperar a la mesa más retirada de una televisión insonora colgada del techo. En la mesa de al lado, dos hombres compartían un octavo de ron y un plato de papas fritas; en otra, una señora mayor, en minifalda y con demasiado pintalabios, ojeaba el periódico rápidamente, sin mucho interés, acaso sólo viendo las fotos; en otra, un señor con saco y corbata de notario malogrado sostenía con ambas manos su vaso de whisky, casi aferrado a su vaso de whisky, mientras me observaba serio y sin ningún recato. Noté que en la pared detrás de la barra, en un antiguo escaparate de madera con puertas de vidrio, había una serie de diplomas y medallas de oro y grandes trofeos de plata y un pequeño ocelote disecado, en posición de ataque. Lejos, del otro lado del bar, estaban las dos puertas contiguas y estrechas de los baños: el de hombres señalado con un recorte de revista de un joven y empolvado Clint Eastwood, el de mujeres con un recorte de revista de una despampanante Marilyn Monroe. Por el ventanal se veían las siluetas y luces del tráfico del centro. Empezaba a anochecer.

Acerqué el pequeño cenicero de barro que estaba sobre la mesa, encendí un cigarrillo y me quedé mirando ansioso la puerta de entrada, pensando que un bar ubicado en la esquina de un edificio redondo es sin duda metáfora de algo.

Nací en un callejón sin salida. Es decir, cuando yo nací, en agosto del 71, mis padres vivían en una casa nueva al final de un callejón sin salida. En la entrada del callejón, sobre la avenida Reforma, había una famosa venta de helados en una esquina y un taller de herrería nada famoso en la otra. No tengo recuerdos de aquel callejón, por supuesto, pero hay películas mudas que evidencian mis primeros años ahí. Yo, de recién nacido en los brazos de mi mamá, llegando del hospital en un Volvo color verde jade. Yo, de un año, sentado en una carreta de madera pintada de celeste mientras una cabra negra me lleva por el callejón, y un niño indígena, harapiento y descalzo, la guía con un lazo (entretenimiento típico de aquella época para las piñatas de los niños de clase alta). Yo, de dos años, girando frente al taller de herrería con helado de mandarina en la mano y en la cara, y luego, en un augurio de tantos mareos que estaban por venir, vomitando en la acera todo el helado de mandarina. Yo, de tres años, jugando con el perro de los vecinos, un sabueso gordo y haragán llamado Sancho. Y aunque no hay una película muda de ello (o tal vez sí), una fría mañana de enero del 67, cuatro años antes de que yo naciera, y mientras aquella casa aún estaba en construcción, una patrulla de policía deteniendo a mi abuelo libanés en la entrada del callejón, sobre la avenida Reforma, para secuestrarlo.

Llegó el cantinero. Colocó sobre la mesa la Negra Modelo y un enorme tarro y yo le pregunté si no podía traerme un vaso pequeño. El viejo cantinero hizo una mueca como de hastío o desconcierto. Tuve que decirle, entonces, que me gusta tomarme la cerveza despacio, írmela sirviendo poco a poco, por tragos, en un vaso pequeño, ya sea en un chato o un tambor o un rocks o un old-fashioned. Luego pensé en decirle que por favor se diera prisa, pues me gusta alternar breves sorbos de cerveza oscura con breves caladas de cigarrillo, no sé si por una cuestión de amargura o de superstición. Luego pensé en decirle (o más bien parafrasearle) que irremediablemente la historia de mi vida se ha ido confundiendo con la historia de mis cervezas y cigarrillos. Pero por suerte me quedé callado. El viejo cantinero hizo otra mueca, esta vez una mueca con toda la cara, una mueca desmedida, casi bufona, como diciendo usted sabrá, caballero, pero sólo un demente se toma así la cerveza. Cogió el tarro congelado y volvió a la barra arrastrando los pies y yo me estremecí al notar de reojo que alguien empujaba la puerta principal. Nada más un niño cargando una endeble caja de cartón. Vendía loros.

Dentro de la patrulla de policía estacionada y esperando a mi abuelo en la entrada del callejón, aquella fría mañana de enero del 67, iban cuatro hombres. Uno dormitaba en el asiento trasero con una toalla blanca enrollada alrededor del cuello, tipo bufanda.

Otro, a su lado, limpiaba la ventanilla con una página del periódico del día anterior. Otro, el piloto,
aguardaba en silencio, el motor encendido, sus manos
sin soltar el timón. Y otro estaba ya listo para salir
por la puerta del copiloto en cuanto viera en el espejo
retrovisor que se acercaba por la avenida Reforma un
Mercedes color crema.

De los cuatro, sólo uno sobreviviría a la guerra.

Mi abuelo se había despertado antes del amanecer.
Estaba ansioso (como si supiera ya lo que el día le
deparaba). Se bañó y vistió despacio, tratando de no
hacer ruido para no despertar a mi abuela. Bajó al
comedor y desayunó solo. Tras hacer una llamada, se
montó en su Mercedes color crema y salió a la avenida por el portón principal.

Era temprano en la mañana. Todavía no levantaba
la neblina ni el sereno frío de enero. Mi abuelo llegó
al banco demasiado pronto. Aún estaba cerrado y
tuvo que esperar unos minutos de pie afuera en la
calle casi desierta. Cuando finalmente abrieron, mi
abuelo hizo su trámite (el cajero diría luego que de
mal modo, refunfuñando), y se volvió a subir al Mercedes color crema.

Conducía lento, con prudencia. En un bolsillo del

pantalón llevaba el fajo gordo de quetzales que había retirado del banco —el equivalente de dos mil quinientos dólares—, para pagarles la quincena a los albañiles. En otro bolsillo del pantalón tenía la libreta bancaria, con todos sus datos personales y el saldo actual de la cuenta. En el bolsillo interior del saco tenía dos plumas de oro. Y en el meñique izquierdo, como siempre, llevaba puesto su anillo con un diamante de tres quilates.

Llegó al callejón en la avenida Reforma.

Había una patrulla de policía estacionada en la entrada, impidiéndole el paso. Uno de los policías estaba ya de pie en el carril auxiliar y le hizo señas para que se detuviera y saliera del carro.

Me serví un poco de cerveza oscura en el vaso mientras alguien empujaba la puerta de vidrio y entraba al bar. Sólo un muchacho. Parecía vestido con uniforme escolar, pero un uniforme escolar al final del día, ya todo arrugado. Caminó directo a donde estaba sentada la señora mayor con minifalda y, tras susurrarle algo que no llegué a comprender, colocó unos cuantos billetes sobre la mesa. Se me ocurrió que había venido a pagar la cuenta de la señora —quizás era su mamá o su abuela—, pero ella, sin alzar la mirada del perió-

dico, recogió los billetes de la mesa y se los metió en
el sostén. El muchacho seguía de pie a su lado, cabiz-
bajo, como si le hubieran regañado, cuando de pronto
entró al bar otro muchacho más joven, casi un adolescente, y se paró detrás del primero, acaso esperando su turno. El primero se marchó despacio del
bar y el segundo dio un paso tímido hacia delante.
También susurró algo incomprensible, también colocó unos cuantos billetes sobre la mesa, y la señora,
sin decirle nada, sin siquiera mirarlo, también los
guardó en su sostén.

Tiburón: nombre dado por los guerrilleros de las
Fuerzas Armadas Rebeldes a la patrulla de policía
que usaron aquella fría mañana de enero para el secuestro de mi abuelo, o más bien al carro que usaron
como patrulla de policía. Previamente había pertene-
cido al secretario de Información del gobierno, Baltasar Morales de la Cruz, secuestrado por la guerrilla
unos meses antes (en la balacera murieron su hijo,
Luis Fernando, y su chofer, Chabelo). Los guerrilleros
habían llegado a secuestrar a Morales de la Cruz en
un camión azul sin capota, el cual luego, al tratar de
huir con el rehén, tuvo un fallo mecánico. Decidieron,
entonces, abandonar el camión ahí mismo y llevarse

a Morales de la Cruz en su propio carro, un Chrysler Imperial Crown, modelo 64, blanco hueso. Pocos meses después, ese Chrysler estaba ya pintado de grises y disfrazado de tiburón o de patrulla de policía y esperando en la entrada del callejón para secuestrar a mi abuelo.

La guerrilla guatemalteca fue creada al inicio de los años sesenta, en la montaña, por un fantasma y un caimán.

El 13 de noviembre de 1960, un centenar de oficiales organizaron una sublevación contra el servilismo del gobierno a los estadounidenses, quienes secretamente, en una finca privada del país llamada La Helvetia, habían estado entrenando a exilados cubanos y mercenarios anticastristas para la invasión de Cuba, en la Bahía de Cochinos (en aquella finca privada, cuyo dueño era socio del presidente de Guatemala, la CIA estableció una central de radio para coordinar la futura y fracasada invasión). La mayoría de los oficiales del levantamiento fueron rápidamente condenados y fusilados, pero dos de ellos lograron huir a la montaña: el teniente Marco Antonio Yon Sosa, y el subteniente Luis Augusto Turcios Lima. Ambos, como militares, habían sido entrenados en técnicas

de combate antiguerrillero por el ejército de Estados
Unidos; uno en Fort Benning, Georgia, y el otro en
Fort Gulick, Panamá. Y ya ahí, en la montaña, en la
clandestinidad, Yon Sosa y Turcios Lima empezaron
a organizar el primer movimiento —o frente, en caló
local— guerrillero del país, el Movimiento Revolucionario 13 de Noviembre. Un año después, en 1962,
tras la matanza ejecutada por un grupo de militares
de once estudiantes de la facultad de derecho, mientras éstos colocaban rótulos y carteles de denuncia en
el centro, el Movimiento Revolucionario 13 de Noviembre se uniría al Partido Guatemalteco del Trabajo para así formar las Fuerzas Armadas Rebeldes.
Se estima que para cuando fue secuestrado mi abuelo,
en enero de 1967, había ya alrededor de trescientos
guerrilleros en el país. Edad media: veintidós años.
Tiempo medio en la guerrilla antes de morir: tres
años.
   Turcios Lima lograba sobrevivir en la montaña, decían sus compañeros, porque en realidad era un fantasma. Yon Sosa engañaba por las noches a los militares, decían sus compañeros, porque en realidad era un
caimán que dormía dentro del vientre de otro caimán
negro y colosal. Hasta la noche que fue emboscado y
asesinado en Tuxtla, México. Y el cadáver del fantasma que era Turcios Lima apareció una madrugada en
la capital, carbonizado dentro de su propio carro.

Un hombre de mediana edad se detuvo afuera en la noche, del otro lado de la puerta de vidrio. Estaba trajeado completamente de negro y nos miraba a todos adentro del bar, de uno en uno, acaso buscando a alguien. De repente cerró los ojos y alzó un libro con la mano derecha. Pecadores, gritó rabioso a través del vidrio de la puerta, con los ojos aún cerrados. Luego gritó algo más, una oración larga, a lo mejor una cita bíblica que no entendí o que no quise entender, y guardó silencio. Daba la impresión de estar rezando en silencio. Se hamaqueaba un poco. Nadie más en el bar parecía verlo o siquiera advertirlo del otro lado de la puerta, y se me ocurrió que él también llegaba cada noche, que él también, cada noche, era uno más entre los clientes frecuentes del bar. De pronto, con el libro aún elevado, y sin llegar a abrir los ojos, el señor se inclinó hacia delante y colocó sus labios sobre el vidrio. Como besando el vidrio. O como besándonos a todos los pecadores adentro del bar.

Mi abuelo salió de su Mercedes color crema. No apagó el motor. No cerró la puerta. Ni siquiera se había molestado en estacionarlo bien en el carril auxiliar de la avenida Reforma, enfrente de la famosa heladería; era temprano, aún había muy pocos carros y peatones. Se le acercó el policía, y mi abuelo, quizás porque notó que tenía cara de niño, quizás porque notó que su uniforme le tallaba cómicamente grande, empezó a hablarle con insolencia. Que moviera la patrulla de la entrada al callejón (su índice en el aire). Que no lo tocara (sacudiendo el brazo). Pero el policía sólo le dijo con tranquilidad que tenía una orden para su captura, por contrabando. Mi abuelo, que solía hablarle recio y tajante a todos, con su pesado acento árabe, se puso a hablarle aún más recio y tajante a aquel policía con aspecto de niño que no quería o no podía darle una explicación clara, y que no le mostraba esa supuesta orden de captura oficial. Pero de repente el policía le dijo algo en murmullos, sus palabras apenas un hilo blanco de neblina, y mi abuelo caminó con él hacia la patrulla y entró sumiso al asiento trasero. Ya sentado y custodiado por otros dos policías, lo último que vio a través de la ventanilla fue que venía corriendo por el callejón la hermana mayor de mi padre, su hija. Luego todo se tornó negro.

❊

Los dos hombres de la mesa vecina llamaron al cantinero y le pidieron otro octavo de ron. Sus rostros estaban rojizos y sudados. Uno de los hombres, con la cabeza torcida hacia abajo, parecía a punto de dormirse. El otro hombre estaba sosteniendo la botella vacía, casi acariciándola con exagerada añoranza. Noté que había otro octavo también vacío sobre la mesa y pensé en preguntarles por qué no habían pedido al inicio una botella más grande, en vez de ir bebiendo pequeñas botellas de un octavo de litro, pero preferí intentar adivinarlo. Opción A: los dos hombres, al llegar al bar, acordaron que sólo beberían un octavo entre los dos, pero ya rendidos a la fiebre del ron decidieron alargar la noche y compartir un segundo octavo, y ahora un tercero. Opción B: los dos hombres, al llegar al bar, le pidieron al cantinero una botella de un litro de ron, pero éste les informó que lo sentía mucho, que sólo le quedaban octavos de litro. Opción C: los dos hombres eran de la filosofía que el ron sabe mejor en dosis de ciento veinticinco mililitros. Opción D: los dos hombres no tenían filosofía ni proyecto alguno y bebían ron con la liviandad de dos hombres ciegos parados al borde de un abismo. Y yo seguía buscando una quinta opción, cuando de pronto el hombre que estaba a punto de dormirse alzó la mirada hacia mí —una mirada miope y lacrimosa— y espetó: Sáquele el diablo a esa mierda.

Demoré unos segundos en comprender que no estaba
mirándome ni hablándome a mí. El otro hombre, entonces, el que sostenía el octavo vacío, estiró una
mano y tomó su mechero de la mesa y lo encendió y
colocó la llama en el fondo de la pequeña botella,
como calentándola. Después, con cuidado, sostuvo la
llama en la boca de la botella. Por la apertura salió un
fogonazo azul y sin duda maligno.

Mi abuelo había llamado a su hija mayor esa mañana, antes de salir de la casa, para decirle que se
reunieran en la construcción, que quería mostrarle el
avance de la obra. Y ella, entonces, ya esperando en
el callejón, observó desde lejos cómo su padre dejaba el Mercedes color crema mal estacionado en el
carril auxiliar de la avenida Reforma, con el motor
aún encendido y la puerta del conductor abierta;
cómo su padre le gritaba y alegaba a uno de los policías; cómo ese policía de pronto susurraba algo que
ella no llegó a escuchar (sólo vio el vaho blanco de
las palabras), pero que calmó y calló a su padre de inmediato. Y sin pensarlo, ella había salido corriendo
por el callejón.

Ahora estaba de pie ante la patrulla, desafiando a
los policías, insultando a los policías, gritándoles

a los policías que se negaba a moverse de ahí hasta que no le explicaran por qué se estaban llevando a su padre, encapuchado de negro.

Uno de los policías abrió la puerta. Salió despacio de la patrulla. Igual de despacio, y apenas sonriendo, le apuntó su ametralladora.

Quítese, seño, o la parto en dos.

El policía, bien disfrazado de policía, era Canción.

Tenía cara de niño. Eso decían sus compañeros. Que su cara era la cara de un niño. En parte debido a la forma ovalada de sus ojos. En parte debido a su rostro completamente terso y lampiño, sin la menor necesidad de afeitar, como pintado con polvo de talco. Y en parte porque parecía deambular por la vida con una expresión de perplejidad —la frente fruncida, la mirada opaca y turnia, la boca semiabierta—, una expresión de no entender nunca nada. Aunque Canción, decían sus compañeros, lo entendía todo. Y ese aspecto de niño, ese aire infantil, era aún más pronunciado por su baja estatura, o lo que daba la impresión de ser baja estatura: en realidad tenía las extremidades demasiado cortas para su torso, como si fuesen los brazos y las piernas de un enano. Pero a pesar de su aspecto de niño, o tal vez a causa precisa-

mente de él, Canción no se marchaba de una fiesta o
de un bar, según sus compañeros, sin una mujer a su
lado, de su brazo. No es que fuese guapo (era hermoso de la misma manera tierna y andrógina en que
un niño es hermoso), sino que sabía cómo hablarles
a las mujeres. Y ésa, según sus compañeros, era una
de las características más peculiares de Canción: su
forma de hablar, su manera de expresarse en frases
cortas, crípticas, casi poéticas. Rara vez decía una
oración larga o completa, y rara vez el significado de
sus palabras era el significado literal. No es que ha-
blara en dialecto callejero, sino en un código propio.
Decapité gallo, decía Canción cuando había asesinado a un militar de alto rango. Mi armadillo, decía
al referirse a su arma, a su ametralladora o su fusil.
Dame chicharra, decía cuando se le antojaba un cigarrillo, y dame quequexque, cuando quería marihuana
(de adolescente había pasado tiempo en la cárcel por
posesión de narcóticos). Eché probón o eché chapu-
zón, decía al haber sentido la urgencia de visitar uno
de sus dos prostíbulos favoritos, La Locha y La Ma-
ruja, llamados así por sus respectivas matronas. Y es
mi prense, decía con orgullo y propiedad, que signifi-
caba es mi rehén, es mi secuestrado. Pero el tempera-
mento de Canción, según decían sus compañeros, y
acaso para compensar su marcado aspecto infantil,
tenía la frialdad y el temple de un asesino profesional

o de un soldado (que viene a ser lo mismo). No cedía. No se conformaba con menos de lo acordado. Nunca lo vieron rendirse ni perder con gracia. Podían confiar en que ejecutaría cualquier orden sin cuestionarla y sin emoción alguna, fuese la orden burocrática, o nefasta, o criminal.

Operación Tomate: nombre secreto dado por los guerrilleros al operativo de secuestro de mi abuelo, debido a su piel tan roja o rosada que todo él parecía un tomate.

El Espinero: nombre secreto dado por los guerrilleros a la residencia clandestina ubicada en el Mariscal, un barrio periférico de la zona once, adonde aquella fría mañana de enero del 67 se llevaron prisionero a mi abuelo. En el techo de la residencia, sobre una torre de hierro y cemento, había un depósito de agua claramente visible desde lejos, en todas direcciones, y del cual pendía una pequeña bombilla roja: encendida señalaba a otros guerrilleros de que había un prisionero adentro.

❊

El Turco: nombre secreto dado por los guerrilleros a mi abuelo durante la etapa de planificación de su secuestro. Aunque mi abuelo no era turco, sino libanés (en aquellos años, en Guatemala, se les decía turcos a todos los árabes y judíos, indistintamente de su país de origen). Aunque en realidad mi abuelo libanés tampoco era libanés. O no exactamente.

Lo terminé de entender o confirmar hace poco, mientras buscaba documentos en la Biblioteca Nacional de París del tiempo que él pasó allá, viviendo y trabajando en la rue du Faubourg Saint-Honoré, al final de los años veinte.

Mi abuelo había salido huyendo de Beirut en 1917, cuando tenía apenas dieciséis años, con su madre y sus hermanos, en plena gran hambruna del Monte Líbano: de los cuatrocientos mil habitantes, moriría la mitad en menos de tres años. Vivió un tiempo en Nueva York, en Haití, en Perú, en México, antes de tomar un barco de regreso a Europa y llegar a París, donde estableció un pequeño negocio en la rue du Faubourg Saint-Honoré, en sociedad con un judío francés de apellido Gabai, para comprar y vender y enviarles telas a sus hermanos repartidos por varios países de América (uno de sus hermanos abrió una pequeña tienda de telas en el Portal del Comercio de

Guatemala; mi abuelo llegaría en 1930 para ayudarlo, conocería a mi abuela y terminaría quedándose). Société Halfon Gabai, se llamaba el negocio en París. Hasta hace pocos años, de hecho, según la leyenda familiar, ahí seguía el rótulo: Société Halfon Gabai, en letras negras y opacas sobre un local en la esquina de la rue du Faubourg Saint-Honoré y rue de Berri. Y también así, Société Halfon Gabai, decía el anuncio que finalmente encontré en la parte inferior de una página de periódico titulada Annonces Legales, tras semanas buscando con la ayuda de un bibliotecario ya mayor y muy amable llamado monsieur Patellier. Nunca supe su primer nombre, y tampoco terminé de entender si trabajaba ahí o si era voluntario. Sentados ante una mesita del salón L, y viendo a través de un inmenso ventanal cómo cinco cabras se comían la maleza del jardín del atrio (introducidas por el director de la biblioteca, me había explicado monsieur Patellier, para podar orgánicamente la maleza), leímos juntos que, debajo del nombre de mi abuelo y su fecha de nacimiento, decía, en diminutas letras cursivas: De nationalité syrienne. Y es que mi abuelo, a pesar de que se llamaba a sí mismo libanés, era legalmente sirio, pues Líbano, como país, no se estableció hasta después de que él y sus hermanos salieran de Beirut. Y listo. Le agradecí a monsieur Patellier, me despedí de él y de las cinco cabras del jardín y me marché satisfecho con haber sostenido en las manos ese papel del pasado (como si fuera necesario encontrar y tocar la evidencia de esta historia). Pero pocos días después me llamó el amable bibliotecario, quien aparentemente se había tomado mi búsqueda como un reto personal. Me dijo que había logrado ubicar otro documento, aunque no me especificó cómo ni dónde, y que quizás podría interesarme. Llegué esa misma noche y nos volvimos a sentar ante la misma mesa del salón L (las cabras del jardín, supuse, ya dormían). Era una copia de un acta del gobierno francés, gastada y amarillenta, con fecha 26 de abril de 1940, autorizando la salida del país al antiguo socio de mi abuelo, el señor Gabai. Algo muy difícil de conseguir para un judío en aquellos años, me explicó el bibliotecario en susurros, entre discreto y confundido, y yo de inmediato comprendí o creí comprender que hablaba por experiencia propia, que algo había vivido o sufrido él mismo en los años de la ocupación alemana. Pero el documento del gobierno no decía más. Y yo entonces, con la copia amarillenta en las manos, y también susurrando para no molestar a los demás lectores e investigadores del salón L —aunque de todas las paredes del edificio, a manera de solución acústica, colgaban largos tapetes de cota de malla, como si la biblioteca entera fuese un inmenso caballero medieval—, le conté a monsieur Patellier el resto de la historia.

Mi abuelo, que llevaba ya una década viviendo y trabajando en Guatemala, había logrado conseguir un salvoconducto para su antiguo socio francés, firmado por el general Jorge Ubico, presidente y dictador de Guatemala desde 1931, también conocido como El Pequeño Napoleón del Trópico (le gustaba vestirse y posar igual que Napoleón), o como Número Cinco (por la misma cantidad de letras en su nombre y apellido), o como El Hitler de Guatemala (Yo soy igual que Hitler, se ufanaba en público). Monsieur Gabai, le expliqué a monsieur Patellier en mi mal francés, logró salir de París unas semanas antes de la ocupación alemana gracias a un salvoconducto que le había conseguido mi abuelo, con firma y sello oficial del Hitler de Guatemala.

Tiene usted otro de esos.

Tardé en darme cuenta de que el notario, en la mesa vecina, estaba hablándome a mí. Su tono no era de pregunta, sino de exigencia. Mantenía la mirada hacia arriba, no sé si observando las manchas de musgo en el techo o la imagen sin sonido en la televisión. Soltó el vaso de whisky, probablemente por primera vez desde que yo había llegado, se llevó dos dedos a los labios y fumó un cigarrillo invisible, para que yo entendiera. Le dije que por supuesto, ofreciéndole el paquete de Camel y el mechero, que tomó sin decir nada pero haciendo un breve movimiento con el mentón, acaso en agradecimiento, acaso sólo un tic. Observé cómo la lumbre de pronto iluminaba su rostro grasiento, mal afeitado. Le recibí de vuelta el paquete y el mechero y aproveché para encender otro cigarrillo. No tarda, tal vez murmuró en la semipenumbra del bar. ¿Perdone?, le pregunté nervioso, pero él sólo sopló hacia la televisión una nubecilla de humo grisáceo. Se me ocurrió que quizás había dicho no tardo, o no arda, o notaria. Luego se me ocurrió que quizás no había dicho nada y que yo me lo había imaginado. Hice un esfuerzo fútil por retroceder unos segundos y volver a escuchar sus palabras. ¿Quién no tarda?, le pregunté aún más nervioso, pero él ya se había puesto de pie y caminaba con letargo hacia Clint Eastwood, el cigarrillo en una mano y el vaso de whisky en la otra. Aunque más que caminar con letargo, renqueaba, como si estuviese herido o muy ebrio. Se inclinó hacia delante para empujar la puerta abatible con un hombro y yo creí ver en su costado, justo debajo del saco, el negro metálico de una pistola.

❄

Estos son los principales cabecillas que desean sembrar el caos y la anarquía en nuestra patria.

Así, en grandes letras negras, informaba a los ciudadanos guatemaltecos el titular de un boletín que el gobierno distribuyó y publicó en periódicos y pegó en postes y paredes de la ciudad, en los últimos días de septiembre del 68. Debajo del titular, hay tres fotos en blanco y negro, de tres hombres jóvenes, de alrededor de veinte años. Y debajo de las tres fotos, en letras pequeñas, dice así: Con fondos proporcionados por la iniciativa privada y puestos a disposición de las Fuerzas de Seguridad del Gobierno, se ofrecen diez mil quetzales de recompensa a la persona que entregue a cualquiera de estos tres criminales, o proporcione información que exitosamente conduzca a la captura de alguno de ellos, delincuentes a quienes se sindica del asesinato del embajador de los Estados Unidos de Norteamérica y de los últimos hechos violentos acaecidos en la ciudad capital.

El embajador de Estados Unidos se llamaba John Gordon Mein. No había sido un asesinato, sino un intento de secuestro que fracasó al tratar de salir huyendo Mein por la avenida, donde rápidamente fue acribillado por los guerrilleros. Ocho heridas de bala en la espalda, diría el juez tras la autopsia. El propósito del secuestro había sido canjear al embajador por el máximo comandante de la guerrilla, el comandante

Camilo, capturado días antes por el ejército. Los guerrilleros habían estado esperando a Mein a una cuadra de la embajada —él volvía de un almuerzo— en dos carros alquilados: un Chevrolet Chevelle verde (Hertz) y un Toyota rojo (Avis). Ambos carros, se descubrió a las pocas horas, habían sido alquilados esa misma mañana por Michèle Firk, periodista y revolucionaria judío-francesa y también pareja de Camilo. La Llorona, le decía él, por su disposición a llorar en despedidas. Una semana después del asesinato de Mein, con la policía militar a punto de derribar la puerta de su casa, la periodista y revolucionaria Michèle Firk se suicidaría: un balazo en la boca.

Uno de los tres delincuentes buscados del boletín, el de la foto de en medio, el de la expresión entre siniestra e infantil, es Canción. Alias, dice debajo de la foto, El Carnicero.

Es el último día de marzo, 1970. Un martes de sol tenue de primavera. Pasado mediodía. Un Mercedes negro atraviesa la avenida de las Américas a muy baja velocidad: desde hace una semana está prohibido por decreto oficial, debido a todos los retenes militares en la ciudad, conducir a una velocidad mayor de treinta kilómetros por hora. El chofer del Mercedes se llama

Edmundo Hernández. Le dicen Chito. Sentado en el asiento trasero, leyendo el periódico, va el conde Karl von Spreti, embajador de la República Federal de Alemania en Guatemala. El chofer lo mira por el espejo retrovisor, hermoso y elegante, y de nuevo pensando que von Spreti tiene un aire de actor de cine —en efecto, recuerda a Marcello Mastroianni—, no se da cuenta en qué momento ni de dónde han surgido dos carros que quieren impedirle el paso, enfrente del monumento a Cristóbal Colón: un escarabajo Volskwagen blanco y un Volvo azul perla.

Deténgase, le ordena von Spreti con certeza y fatalismo. Vienen por mí.

Seis guerrilleros salen de los carros. Tienen pasamontañas y ametralladoras Thompson (Tomis, les dicen). Uno de los seis abre la puerta trasera del Mercedes, toma al conde del brazo y, sin pronunciar palabra alguna, sin recibir resistencia alguna, lo encamina hacia el Volvo azul perla. Ese guerrillero con pasamontañas es Canción.

El objetivo principal del secuestro: intercambiar al embajador por diecisiete presos políticos. Pero el gobierno militar, a los cuatro días, y como respuesta a la petición de los guerrilleros, asesina a dos de los presos.

Ese domingo, alguien llama desde un teléfono público a la estación de bomberos. Una voz anónima le dice al bombero de turno que von Spreti está en una humilde casa de adobe sin techo ubicada en el kilómetro 16 de la carretera a San Pedro Ayampuc, un pueblo en las afueras de la capital. Los bomberos acuden de inmediato.

Encuentran el cuerpo de von Spreti en el jardín trasero de la casa, con un solo balazo en la sien izquierda, calibre nueve milímetros. El conde está sentado en la tierra, sus piernas estiradas hacia delante, su espalda contra unos arbustos. Aún lleva puesto un fino saco de dacrón azul y una corbata de seda negra. Sostiene sus gafas en la mano derecha: como si se hubiese quitado las gafas antes de morir, justo previo al balazo, para no tener que ver el rostro de su asesino, o para no tener que ver el rostro de la muerte.

❊

Se abrió la puerta del bar y me decepcionó ver entrar a un anciano moreno y chaparro. Llevaba puesto un largo abrigo de poliéster azul, sucio y rasgado, un sombrero de petate y unas sandalias de cuero y caucho. Caminaba lento, con la ayuda de un bastón, o con la ayuda de lo que al principio yo había creído un bastón pero que en realidad era un bulto de ramitas secas amarradas con una cinta de zapato. El anciano barría el suelo un poco, luego se acercaba a uno de los clientes del bar con la mano extendida y le balbuceaba unas cuantas palabras musitadas e ininteligibles, luego barría otro poco. Todos lo ignoramos. Se dirigió hacia el rostro empolvado de Clint Eastwood e intentó empujar la puerta —no sé si buscando ahí dentro al notario para también pedirle limosna o con la intención de usar el baño—, pero ésta seguía cerrada con llave. Caminó hacia la puerta de vidrio y se marchó del bar.

Aún pude verlo por el ventanal durante unos minutos: barriendo la acera, extendiendo la mano en la noche, murmurando palabras en un lenguaje que ya nadie más en el mundo entendía.

Lo había secuestrado una reina de belleza. Eso decía mi abuelo. Que ahí, decía, en El Espinero, la residencia clandestina y oscura donde estuvo retenido, había una mujer hermosa que iba y venía entre todos los demás guerrilleros, una mujer refinada e inteligente que lo trataba siempre con respeto. Nunca supo su nombre, pero estaba convencido de que era Rogelia Cruz.

La Roge. Así le decían a Rogelia Cruz sus amigos
y familiares. En 1958, cuando tenía diecisiete años, y
mientras terminaba sus estudios de maestra de educa-
ción primaria en el Instituto Normal de Señoritas Belén,
fue elegida Miss Guatemala. El verano siguiente viajó a
Long Beach, California —su primer y único viaje al
extranjero—, para participar en el certamen de Miss
Universo. No ganaría. Pero en su discurso, vestida con
un traje típico maya, criticó la intervención en Guatemala del gobierno estadounidense, que en junio de
1954 había orquestado y financiado el derrocamiento
del presidente Jacobo Arbenz: el segundo presidente en
la historia del país elegido democráticamente.

Arbenz, o El Chelón, o El Suizo, insistió en su lección
inaugural que en Guatemala regía un sistema econó-
mico de feudos, y en 1952 empezó a implementar su
ley de reforma agraria, conocida como el Decreto
900, cuyo objetivo esencial era —según proclama-
ba— desarrollar la economía capitalista de los campesinos. Unos campesinos diezmados por la pobreza
y la hambruna (según el censo de aquel año, el cincuenta y siete por ciento no poseía tierra propia;
el sesenta y siete por ciento moría antes de cumplir
los veinte años). La primera medida de la reforma

agraria: abolir el sistema feudal que operaba en el campo (Quedan abolidas, decía, todas las formas de servidumbre y, por consiguiente, prohibidas las prestaciones personales gratuitas de los campesinos). Y la segunda medida: permitir la expropiación de las tierras en erial —es decir, sólo las improductivas—, previa indemnización en bonos, para redistribuir esas propiedades entre los pobres y los necesitados, indígenas y campesinos. En 1953, Arbenz expropió casi la mitad de las tierras en erial de uno de los principales terratenientes, la United Fruit Company —aunque dueños de más de la mitad de los terrenos cultivables del país, tenían sembrados menos del tres por ciento—, tierras que la empresa estadounidense había recibido gratis en 1901, regaladas por el presidente y dictador Manuel Estrada Cabrera. La United Fruit Company reaccionó de inmediato. A través de los hermanos Dulles (ambos hermanos, John Foster Dulles, el entonces secretario de Estado, y Allen Dulles, el entonces director de la CIA, habían sido abogados de la empresa y ahora formaban parte de su junta directiva), presionó sobre el gobierno del presidente Eisenhower, y Arbenz fue rápidamente derrocado en un operativo de la CIA llamado OPERATION PBSUCCESS, lanzando al país a una serie de gobiernos represivos y presidentes militares y militares genocidas y casi cuatro décadas de conflicto armado interno (mientras

que John Foster Dulles, por su parte, aquel mismo
1954, fue nombrado Persona del Año de la revista
Time).

❉

Nadie ignora que Guatemala es un país surrealista.

Con esas palabras empieza una carta de mi abuelo
publicada en *Prensa Libre*, uno de los principales periódicos del país, el 8 de junio de 1954, tres semanas
antes del derrocamiento de Arbenz.

Luego, en una voz que no es la suya, una voz eru-
dita, entre mitológica y equívoca, mi abuelo se lanza
a hablar del pacto entre Hun-Toh y Kabilajuj-Tsi, cabecillas de los reinos aborígenes precolombinos, a
propósito, escribe, del reparto equitativo de las serra-
nías de Utatlán; y de la estancia séptima del *Rabinal
Achí*, donde el varón atribuye las desgracias de sus
huestes al problema de la vivienda en Iximché; y del
decreto de Antipas Herodes, rey de tiberianos, escribe, cuya solución al levantamiento de los esenios
fue la distribución de las termas entre las distintas
facciones judías; y del *Zend-Avesta*, concentración de
la sabiduría persa desarrollada por Zoroastro, cuya
justicia, escribe, se basaba en el sano principio de a
cada quien lo suyo; y de unos olvidados papiros del
Libro de los muertos, donde los antiguos egipcios nos

legaron mágicas formas sobre la ocupación de las casas celestes, escribe, por espíritus errantes.

En su ampulosa carta, mi abuelo estaba respondiendo —probablemente a través de algún abogado o académico contratado por él para hacerlo— a una noticia publicada el día anterior en el mismo periódico, en la cual se informaba de una petición hecha ante el congreso del presidente Arbenz por un tal Julio Ramírez Arteaga. En su petición, el señor Ramírez Arteaga le exigía al congreso que expropiara el edificio El Prado, en el centro de la ciudad, cuyo propietario era mi abuelo.

Ramírez Arteaga, músico y compositor boliviano —de rondas aymaras y cuecas y huaynos y otra música andina—, estaba viajando a distintos países de Latinoamérica para ayudar a establecer en cada uno el sindicato de autores y compositores. Argentina. Uruguay. Nicaragua. Y al llegar a Guatemala, se había instalado en uno de los apartamentos del edificio El Prado: ilegalmente, según la carta de mi abuelo, sin contrato ni pago alguno de renta. Ramírez Arteaga argumentaba en su petición ante el gobierno de Arbenz que en el edificio de mi abuelo deberían habitar únicamente artistas nacionales, ya que (y cito) desde sus cómodos apartamentos se hace visible la hermosura de los volcanes y la rutilante salida del sol, y esto los inspirará en su arte. Pero ahí quedó todo. Tres

semanas después de la petición del músico boliviano
y la respuesta epistolar y algo cínica de mi abuelo, Arbenz fue derrocado, y Ramírez Arteaga salió
huyendo de Guatemala, y terminaron las expropia-
ciones.

Una sola vez le escribí una carta a mi abuelo.

Era el verano del 81. Yo estaba por cumplir diez
años. Mis papás habían viajado a Estados Unidos a
preparar las cosas para nuestra salida del país —bus-
car dónde vivir, comprar los muebles, inscribirnos en
el colegio—, y mientras tanto nos dejaron hospeda-
dos en la casa de mi abuelo, que no era una casa, ni
tampoco un palacio, sino más propiamente un alcázar: espléndido, ostentoso, envuelto en un aura de
eucalipto y grandiosidad. Ahí había cenas de gala,
con sirvientas y mayordomos. Ahí llegaban a hospe-
darse músicos de la época y celebridades y embajadores y aun presidentes. Hay una foto de Juan
Legido de Los Churumbeles de España, también llamado El Gitano Señorón, cantando en la sala. Hay
una foto de José Azzari, estrella nacional y campeón
internacional de lucha libre conocido como El Tigre
de Chiantla (y hermano del ganadero Azzari, cuyo
famoso rebaño de vacas yo conocería en su granja de

San Juan Acul), tomando champán con mi abuelo en el vestíbulo, ambos en traje y corbatín. Hay una foto de Golda Meir, la primera ministra de Israel, sonriendo frente a un biombo negro con dragones de oro (años después, boca arriba en un salón privado de la Universidad de Tokio durante mi primer viaje a Japón, recordaría que uno de los fetiches de mi abuelo había sido coleccionar objetos de arte oriental: mamparas, grabados, tintas, textiles, vasijas de cerámica, un tatami antiguo con brocado de seda verde que mantenía colgado en una pared de su estudio, como si más que un tapete fuese una obra de arte).

Mi abuelo llevaba toda la cena gritándome, por todo, por cualquier cosa. Esa tarde nos había descubierto a mi hermano y a mí en un cuarto de baño junto a la piscina, que ahora era bodega, husmeando en una caja llena de fotos (al salir corriendo, yo había dejado tirada en el suelo una vieja foto de su hijo primogénito, Salomón, de niño, en la nieve, en Nueva York, en 1940). Estábamos acostumbrados a los gritos de mi abuelo, a su tono fuerte y agresivo, pero aquella noche, conmigo, se puso mucho peor. Posiblemente su ira nada tenía que ver conmigo (ni con aquella foto en blanco y negro del niño Salomón, cuyo nombre nadie en la familia se atrevía a pronunciar). A lo mejor estaba molesto por algo más, o de mal humor, o había tenido un día difícil. Pero ese nivel de comprensión se le escapa a un niño que se siente el blanco de una ráfaga de gritos e insultos. Tanta era la furia de mi abuelo que por momentos le faltaban las palabras en español y se ponía a gritarme en árabe. Hasta que no aguanté más. A media cena, tiré la silla hacia atrás y subí corriendo las gradas y ya en la habitación, llorando, me senté a escribirle una carta a mi abuelo.

En letra de molde, le escribí que me iría de ahí. Que no quería vivir más con él. Que al día siguiente me marcharía para siempre de su casa (ni idea a dónde ni cómo pretendía marcharme). Pero poco a poco, mientras escribía, mi rabia fue disminuyendo, y mi llanto menguando, y me quedé dormido ahí mismo, con la cabeza recostada en el escritorio, sobre el papel.

Al despertar a la mañana siguiente, ya metido en la cama (no recuerdo haberme pasado), descubrí que la carta que le había escrito a mi abuelo estaba en la mesita de noche. No sabía quién la había puesto ahí, si mi abuelo o mi abuela o quizás una de las sirvientas, ni si alguien la había leído. Pero ahí estaba, en la mesita de noche, doblada en tres y metida en un sobre con el membrete rojo y azul del correo postal, lista para ser enviada. Y ahí la dejé. Aún en pijama, con hambre, y oliendo el pan árabe recién horneado para el desayuno, salí de la habitación y empecé a descender las gradas cuando de pronto escuché la voz ronca de mi abuelo desde abajo.

Usted, venga aquí.

Más que enfadado, sonaba serio. Me preparé para sus gritos.

Encontré a mi abuelo sentado ante la mesa de backgammon, ya abierta, con las piezas colocadas para iniciar un juego.

Siéntese, dijo, señalando el otro banquito, frente a él.

Me quedé quieto, algo confundido. La hermosa mesa de backgammon —o de shesh besh, como le decía mi abuelo, que significa cinco seis, en árabe— era sagrada, intocable, prohibida para los niños. Estaba hecha de madera y nácar. Mi abuelo la había traído de Damasco en los años treinta.

Que se siente, ordenó mi abuelo, y yo entonces me senté en el banquito frente a él, despacio, cuidadoso, y empezamos a jugar. O más bien mi abuelo empezó a enseñarme cómo jugar. Cómo lanzar bien los dados. Cómo gritar shesh besh cuando los dados mostraban un cinco y un seis. Cómo lograr un cómputo instantáneo de las probabilidades y los riesgos. Cómo no tocar las piezas hasta estar seguro dónde colocarlas. Cómo jamás contar en voz alta. Era evidente, aun para un niño de casi diez años, que él estaba haciendo un esfuerzo por controlar su impaciencia. Y la controló. Pronto terminamos el juego —el primero de muchos esa semana, al nomás despertarme y bajar las gradas— y mi abuelo sólo se puso de pie y se marchó de la casa sin decirme nada, ni siquiera adiós.

Al volver del certamen de Miss Universo en California, Rogelia Cruz empezó a estudiar arquitectura en la Universidad de San Carlos, y también empezó a colaborar más y más con el movimiento revolucionario. Diseminaba panfletos. Participaba en huelgas y marchas estudiantiles. Capacitaba a los nuevos compañeros. Transportaba y escondía a aquellos compañeros perseguidos por el ejército. En 1965, la policía encontró en su propiedad —en la finca de su familia donde estaba viviendo— armas y botes de clorato y otros materiales para la fabricación de bombas; estuvo presa dos meses y medio en la cárcel para mujeres de Santa Teresa (logró salir, en parte, por la influencia política del esposo de su tía, el secretario de Información del gobierno, Baltasar Morales de la Cruz). En enero de 1968 —un año exacto después del secuestro de mi abuelo—, y tras ser capturada por un escuadrón de paramilitares, su cadáver desnudo apareció debajo del puente Culajaté, cerca de Escuintla, junto al de once campesinos torturados y asesinados. Sus brazos y piernas estaban llenos de quemaduras de cigarrillo. Sus muñecas y tobillos estaban macerados por los grilletes. Le habían arrancado los pezones a mordiscos y mutilado los pechos y genitales. El médico forense encontró veneno en su estómago y señales de haber sido violada repetidamente. Había muerto, por fin, de un último golpe de gracia en el cráneo. Estaba embarazada de tres meses.

Me serví el último poco de cerveza oscura en el vaso pequeño y tomé un trago tibio y espumoso mientras recordaba la primera vez que había estado en ese bar, en la esquina del edificio redondo, una noche al final de los años noventa, acompañando a un viejo pintor que sólo bebía Stolichnaya con hielo y que hablaba mucho y quizás exageraba mucho. Tres cosas importantes me dijo el pintor aquella noche, o tres cosas que han soportado el peso del tiempo. Uno: que había crecido pobre, tan pobre que su padre —un vendedor ambulante de carbón— ni siquiera tenía dinero para comprarle lápices y papeles, y él había aprendido a dibujar con el dedo índice en la arena que su madre le esparcía y alisaba cada mañana en el patio de la casa. La impermanencia, había gritado en el bar, su dedo índice ahora dibujando en el aire. La madre, había

gritado, su mirada encendida y un poco vidriosa. Dos:
que ahí mismo, me dijo, en uno de los taburetes de la
barra, se había sentado a emborracharse el músico y
compositor Lee Hazlewood. Hacía años. Aunque mi
amigo el pintor no sabía si antes o después de escribir
su canción más conocida, *These Boots are Made for
Walkin'*. Antes, sin duda, susurró, o que eso le gusta-
ría pensar, eso le parecía lógico, que ahí mismo, bien
sentado y emborrachándose en uno de los taburetes
de ese viejo bar de Guatemala, se le ocurriera a Lee
Hazlewood aquella canción —que luego haría famosa
Nancy Sinatra— sobre caminarle encima a alguien,
sobre pisotear a alguien con un par de botas. Y tres
(tomando su quinto o sexto Stolichnaya con hielo):
que esa mujer es nuestra. Así me lo dijo, esa mujer es
nuestra, con la voz ya rendida, refiriéndose al inmenso
mural negro que había pintado como homenaje en un
edificio de la Universidad de San Carlos, en el 73, del
rostro de Rogelia Cruz.

¿O habrá visto mi abuelo ahí, en El Espinero, en la
residencia clandestina donde estaba retenido, y entre
todos los demás guerrilleros que iban y venían en la
oscuridad, no a una reina de belleza, sino a la señora
de las marimbas y el gabán rojo?

❊

Desde lejos se oían las marimbas. Mi papá había estacionado la camionetilla Volvo color verde jade en la séptima avenida, y pese a sus advertencias de llegar todos juntos —de esperarlos a él, a mi mamá y hermana—, mi hermano y yo caminábamos deprisa hacia el enorme galpón de columnas de madera y techo de tejas rojas, hacia el aroma de humo dulce y carne asada, hacia la música de las marimbas. Mi papá nos volvió a gritar algo con fuerza, su tono casi bíblico, mientras nosotros dos pasábamos lo más rápido posible al lado de un indigente que gateaba.

El Rodeo. Así se llamaba el restaurante. Era uno de los pocos restaurantes familiares en la Guatemala de los años setenta, y quizás el único capitalino que abría los domingos a mediodía. Recuerdo que siempre estaba lleno, y que todo allí era grande o al menos parecía grande desde mi reducido horizonte de niño: el grosor de las mesas de caoba, las sillas forradas con piel blanquinegra de vaca, los pesados menús de cuero, la cabeza de toro en el muro de entrada, la extensa parrilla donde cocinaban media docena de hombres acalorados. De hecho, todos los que trabajaban en el restaurante eran hombres —cocineros, meseros, cantineros, músicos—, y todos estaban igualmente uniformados: pantalón negro, camisa blanca de manga larga, corbatín negro.

¿No me oyeron?, gritó mi papá iracundo.

Mi hermano y yo seguíamos en la entrada, de pie, tratando de ver las dos marimbas en la esquina del fondo.

Hay que llegar todos juntos, rugió mi papá. No puros animales.

Vamos, niños, dijo mi mamá, cargando a mi hermana de tres años y arreándonos hacia una mesa, para nuestra desventura, demasiado lejos de las marimbas.

Cada domingo se repetía el mismo ritual. Caminábamos a la mesa con mi mamá mientras mi papá saludaba a sus amigos y conocidos en las demás mesas; nos sentábamos asegurándonos de dejarle a él la silla con mejor vista hacia la puerta principal (me gusta ver quién entra, decretaba); mi hermano y yo pedíamos y de inmediato nos tomábamos nuestra única gaseosa del día; y luego quietos y bien portados hasta que al fin aparecía mi papá, contento, siempre con la misma pregunta:

¿Saben qué quieren comer?

Mi papá llamó al mesero y le ordenó porciones de lomito y puyazo, guacamol, cebollitas asadas, un canasto de pan con ajo. El mesero se llevó las dos botellas vacías. Por debajo de la mesa mi hermano me pateó.

¿Ya?, pedí permiso. Mi papá frunció el ceño, sacudió la cabeza. Diez minutos, dijo con disgusto, y mi hermano y yo sonreímos y empujamos nuestras enormes sillas blanquinegras y salimos corriendo hacia la esquina donde estaban las marimbas.

No nos gustaba la música de las marimbas. O no tanto. Nos gustaba ver a los marimbistas, ver las baquetas en movimiento de los marimbistas, ver la coordinación casi perfecta de las baquetas de guayabo y hule en las manos de aquellos hombres uniformados, morenos, sin expresión alguna en sus rostros.

Aquel domingo había cuatro hombres: dos por marimba. Uno quizás era ciego o medio ciego (tenía la mirada lechosa), pero movía las baquetas igual que los otros tres. Nos quedamos frente a ellos, mirándolos en silencio, fascinados en silencio, hasta que de pronto terminó la pieza y el tipo medio ciego se metió una de las baquetas en la boca y se puso a morder la bolita de hule, y al mismo tiempo oímos detrás de nosotros los gritos de mi papá. Nunca bastaban aquellos diez minutos.

Siéntense, niños, dijo mi mamá, que se enfría la carne.

En mi plato humeaba el lomito, la papa al horno con mantequilla, el elote asado. Ya me dejaban usar cuchillo de sierra. Con orgullo, con atención, me puse a cortar mi trozo de lomito.

Esa señora, allá, la del gabán rojo, susurró mi papá, pero no supe si a mí o a mi mamá o a la mesa entera. Y luego, señalando con el mentón hacia la puerta de entrada, volvió a susurrar: Fue una de las guerrilleras que secuestró a mi padre.

Empezaron las marimbas.

Yo tenía casi nueve años y sabía muy poco del secuestro de mi abuelo. Pero a sus secuestradores siempre me los imaginé como uno, de niño, se imaginaría a los villanos: malolientes, gordos, peludos, sin dos o tres dientes, con rostros aceitosos y llenos de verrugas y granos y cicatrices. Jamás me imaginé a una señora. Mucho menos a una señora hermosa, emperifollada, tan soberbia en su gabán rojo.

¿Quieren pan con ajo?, preguntó mi papá, ofreciéndonos el canasto.

Estiré la mano. Agarré un pan duro y grasoso. No calculé bien y le di una mordida demasiado grande. Me quedé masticando con dificultad, con la boca medio abierta, mientras la señora del gabán rojo saludaba a la gente y se reía con la gente y parecía flotar hacia su mesa justo al lado de las marimbas.

❉

No fue así. O eso me dijo mi papá una tarde fría y lluviosa, de visita en París.

Estábamos caminando en el boulevard Raspail, rumbo a la pequeña oficina que me habían asignado en el campus parisino de la Universidad de Columbia, como parte de una beca para vivir y trabajar un año allá. De pronto pasamos enfrente del capitán Dreyfus (esculpido y erigido en la plaza Pierre-Lafue por el artista polaco Louis Mitelberg, también conocido como Tim), y no sé por qué, a lo mejor debido a la imagen y el simbolismo de la espada rota del capitán, le empecé a narrar a mi papá el recuerdo de aquel domingo. Y mi papá sólo me escuchó con paciencia, en silencio, hasta que llegamos a la ruidosa intersección del boulevard Raspail y el boulevard du Montparnasse. Que no fue un domingo, reclamó con la frente fruncida y el tono demasiado elevado, acaso por la bulla del tráfico, acaso para enfatizar su opinión. Que la señora no llevaba puesto un gabán rojo. Y que tampoco sucedió en El Rodeo, sino en un restaurante de mariscos que quedaba en una vieja bodega de la zona nueve, llamado Delicias del Mar, cuyo dueño era hermano de mi tío político. No quise ponerme a discutir con mi papá en pleno París, delante del sombrío y majestuoso Balzac (bien envuelto por Rodin, a su vez, en un gabán de bronce), y sólo guardé silencio y seguimos caminando por la ciudad ya casi oscura.

La memoria de mi papá alguna vez fue prodigiosa,

en especial para chismes y cotilleos, pero creo que
respecto a este recuerdo estaba equivocado. Imposible, inaceptable, que la escena de una guerrillera emperifollada de rojo suceda en un restaurante de mariscos de dueño judío.

Y puntual, sin su gabán rojo, ella finalmente entró
por la puerta del bar en la esquina del edificio redondo.

Habían pasado más de treinta años desde aquel domingo en un restaurante de parrilla o tal vez mariscos, pero la reconocí de inmediato. Su largo cabello
ya no era negro betún sino plateado brillante, casi
tornasolado (una tenue bombilla blanca oscilaba en
el techo, justo encima de ella, y yo pensé en las esca-
mas de un pez entrando y saliendo de un rayo de luz).
La piel de su rostro parecía más bronceada que morena. No la recordaba tan alta y delgada. Tampoco
recordaba el color miel de sus ojos ni un diminuto
lunar negro como dibujado junto a su boca. Llevaba
pantalones de gabardina azul, gastadas botas de va-
quero y una ligera blusa de algodón blanco con uno

de los bordados típicos del altiplano. De su cuello, en su escote, colgaba una cruz de jade.

Me tropecé un poco al querer ponerme de pie, un tanto nervioso por su presencia o por su belleza o por la pregunta que me asaltó al verla nuevamente flotando en mi dirección: si el que una vez mató, cualquiera que haya sido su motivo, es ya para siempre un asesino, ¿qué es el que una vez secuestró y torturó?

Tú eres Halfon, dijo, extendiéndome una mano frágil y delgada. No te pierdas, añadió, pero no entendí por qué. Cruzó ella una mirada fugaz con el notario que recién volvía renqueando del baño —sin cigarrillo ni vaso de whisky—, o tal vez no y yo sólo creí ver que cruzaron una mirada fugaz, más hostil que cómplice. Le dije que mucho gusto, que gracias por aceptar mi invitación, y aun antes de soltarle la mano, o aun antes de permitir que ella soltara la mía, realicé un cálculo instantáneo para determinar el número de años que nos separaba. Y en esa matemática seguía, redondeando o reduciendo el número, cuando escuché el frufrú del cantinero arrastrando los pies, acercándose a nosotros. Ella lo saludó como si fuese su amigo de toda la vida (qué tal, Pancho) y le pidió otra

Negra Modelo para mí y una para ella. Y también dos tequilas, ¿no?, viéndome o retándome. Le sonreí la sonrisa podrida de un derrotado, mientras la miraba recoger todas mis cosas de la mesa y misteriosamente colocarlas en una mesa vecina. Inútil preguntarle por qué. Bien, dijo, ya sentada en la otra mesa y sacando un Camel sin habérmelo pedido. No sé en qué puedo ayudarte, pero aquí me tienes.

Al nomás entrar en el enorme recinto de la feria del libro de Guatemala, a media mañana y medio perdido entre el público y los puestos de libreros y tratando aún de ubicar el salón del evento —donde debía pronunciar en pocos minutos el discurso inaugural—, se me acercó un señor con largo camisón blanco y gorrito negro para saludarme y decirme en tono bajo y respetuoso cuánto admiraba mi trabajo, y luego extenderme con las dos manos un ejemplar del Corán. Me explicó, mientras me entregaba otros tres libros sobre el islam, que él era el director de la asociación de musulmanes de Guatemala, que sería un honor para ellos que yo pudiera visitarlos en su mezquita. Le agradecí, le balbuceé algunas palabras de agradecimiento —sinceras, pues jamás me había alguien obsequiado ese texto sagrado ni tampoco invitado a visitar su mezquita— y empecé a alejarme por el pasillo. Pero no había dado cinco pasos cuando me abordó otro señor más corpulento y nada respetuoso, para de inmediato, con una sonrisa socarrona, recriminarme haberlo bloqueado en mis cuentas de redes sociales. También le balbuceé algunas palabras de disculpa —menos sinceras—, le dije que debía darme prisa para llegar al evento inaugural, donde ya me estaban esperando, y el señor, con aliento de vino o quizás de vinagre, lanzó a mis espaldas: Cómo no, andate, cabrón. Me escabullí rápido por el pasillo y aún tuve que pedirle ayuda a una señorita de uniforme que parecía empleada o voluntaria antes de encontrar el salón, en la esquina trasera del recinto. Y estaba a punto de entrar, finalmente, cuando un viejo panzón y de barba greñuda me agarró firme el antebrazo y me detuvo en el umbral de la puerta. Tenía la mirada chiclosa de un recién despertado. Llevaba puesta una camisa sucia y arrugada. La punta del cinturón le colgaba libre, endeble, fuera de la hebilla. Su cara se me hizo conocida, y asumí que era un periodista colombiano en cuya casa había cenado un plato de ajiaco, hacía muchos años. Le dije que encantado de verlo de nuevo, que el ajiaco de aquella noche le había quedado delicioso, pero que me disculpara, que debía entrar al salón, que ya me estaban esperando para iniciar el evento. Él frunció el entrecejo. Seguía apretándome el antebrazo, sus largas uñas punzando mi piel. Veo que te ha ido bien, Halfon, me dijo no sin cierta maldad y nada de acento colombiano. Y luego, con una carcajada de hiena, y por fin sacando sus uñas de mi antebrazo, añadió: Ya no sos secuestrable.

Confundido, entré casi corriendo al salón.

No fue hasta quince o veinte minutos después, justo mientras hacía mi mejor esfuerzo por pronunciar un breve discurso que me había memorizado fonéticamente en kaqchiquel (sobre la importancia de acercarnos como ladinos guatemaltecos al mundo de nuestros compatriotas mayas, ya que ese año la feria del libro estaba dedicada a las más de veinte lenguas indígenas del país), cuando caí en la cuenta de que el viejo barbudo había sido uno de los guerrilleros involucrados en la planificación del secuestro de mi abuelo.

El Sordo, recordé que le decían con saña. Por sus grandes orejas.

Tuve que permanecer sentado en el escenario casi una hora más, soportando los discursos tediosos y demagógicos de varios embajadores y ministros, pero pensando todo el tiempo en su comentario tan extraño (¿qué me había querido decir?, ¿por qué ya no era yo secuestrable?, ¿por mis ideas políticas?, ¿o por mi escasa y pobre cuenta bancaria de escritor?), antes de poder salir corriendo a buscarlo de nuevo entre el público.

Lo encontré en el mismo lugar, de pie al lado de la puerta de entrada al salón, como si no se hubiese movido de ahí durante todo el largo acto protocolario, o como si ahora quisiera despedirse de cada uno de los asistentes mientras ellos desfilaban hacia fuera. Sostenía una copa de vino blanco en una mano y un pequeño plato con tostadas y guacamol y frijoles negros en la otra. Me extendió el plato. ¿Querés?, dijo. Seguro te gustan, dijo. Son canapés turcos, y soltó otra risotada.

Se llamaba Sara. O al menos ese había sido su nombre de guerra, su nombre en la guerrilla. Sara. O Sarita. O Saraguate (algunos decían que este apodo, como se le dice localmente al mono aullador, era una continuación natural de su nombre o seudónimo; otros, más audaces o maliciosos, decían que así le había puesto un viejo compañero y amante, por su manera de aullar en la cama). Había pasado muchos años exiliada, en Cuba, en Nicaragua, en México, en Francia, pero ya estaba de vuelta y viviendo en una granja en las afueras de San Juan Sacatepequez. Lo difícil no había sido encontrar su número de teléfono

(El Sordo, tras unas copas de vino blanco y un poco
de convencimiento, me lo había dado), ni tampoco
ubicarla (pertenecía a una de las familias de artistas
e intelectuales más reconocidas del país); lo difícil
había sido conseguir el valor para marcar ese número
y presentarme y decirle que quería hablar un poco
con ella. ¿Hablar de tu abuelo, supongo?, me había
interrumpido su voz en el teléfono, adivinando mi
intención, y yo le dije que sí, que de mi abuelo. Luego
ella había guardado silencio unos segundos que a mí
me parecieron minutos o años. Está bien, Halfon,
pero antes debo decirte dos cosas. Y aspiró recio y
largo, como agarrando aire antes de sumergirse al
fondo y decírmelas. Primero, dijo, me reuniré contigo
sólo porque siento que se lo debo a tu familia. No
dije nada, aunque pude haber dicho mucho. Y segundo, dijo, pedirte que nunca, bajo ninguna condi-
ción, vayas a escribir sobre lo que hablemos. ¿De
acuerdo?

❋

Hubo varias razones por las cuales la guerrilla decidió secuestrar a mi abuelo, en enero del 67.

La primera, la oficial, era que como dueño de una
tienda de telas (El Paje, en el Portal del Comercio),
una fábrica de textiles (Lacetex, en la avenida Bolí-

var) y anteriormente una finca de café (en El Tumbador, San Marcos), trataba mal a sus empleados. El recuerdo que tengo de mi abuelo es el de un jefe correcto, honrado, firme, con empleados muy leales pese a su carácter impositivo y a veces colérico. Y aunque quizás laboralmente los hubiera tratado igual que todo empresario del país trataba (y aún trata) a sus trabajadores —sin un sueldo justo, sin prestaciones adecuadas, sin un contrato digno, sin la posibilidad de organizarse en un sindicato—, no creo que ésa haya sido la verdadera razón de su secuestro.

Me parece mucho más aceptable o factible la segunda explicación: dinero. Los guerrilleros querían, necesitaban, financiarse. En los años del conflicto armado interno, la guerrilla secuestraba a dos tipos de personas. Uno: políticos y militares, para vengarse de algo o para usarlos como piezas de negociación al exigir la libertad de otros guerrilleros encarcelados. Y dos: empresarios, para financiar su campaña con los rescates, y así, además, sostenían, devolverle al pueblo parte de la riqueza que los empresarios le habían quitado. Esta explicación, dinero, me parece mucho más sincera, aunque siempre inhumana, siempre sanguinaria.

Pero hubo otra razón o explicación para el secuestro de mi abuelo. Una tercera. Una secreta. Una que nadie en la familia supo jamás. Una que ahora, tras una larga noche de tequilas y humo y miradas de miel, sólo yo sé: el nombre de mi abuelo le fue entregado a la guerrilla por otro judío. Por uno de sus amigos de la sinagoga. Por uno de sus compañeros de rezo los sábados. Por alguien que lo conocía muy bien, y que sabía el valor del nombre que estaba entregando, y que probablemente recibió algo a cambio. Un judío escribió en un papelito el nombre de otro judío y entregó ese papelito a sus verdugos. Eduardo Halfon, exiguo, en lápiz.

❖

Yo estaba lejos, apenas empezando la universidad en Carolina del Norte, cuando murió mi abuelo.

Era el final del otoño. Me llamó mi papá a la universidad para decirme que mi abuelo había muerto de un infarto (llevaba varios días en el hospital, pero años con problemas cardíacos), que lo enterrarían la mañana siguiente en el cementerio judío de Guatemala. Y su voz se quebró. Respiraba rápido, como si le faltara oxígeno, o como haciendo un esfuerzo por no soltarse en llanto, o como si estuviera prohibido llorar la muerte de un padre. Y yo, debido a la distancia física o a la distancia emocional, sentí más tristeza por mi papá que por la muerte de mi abuelo. Pero que no viajara a Guatemala, me dijo al recuperar el habla, que no llegaría a tiempo para el entierro, y que mejor si me concentraba en mis exámenes. Era mi primer semestre estudiando ingeniería. Estaba al borde del fracaso en todos mis cursos. Y mi papá, aunque no lo sabía, quizás lo intuyó. Que mejor me concentrara en mis exámenes finales, lo oí repetir por teléfono, acostado en mi camastro del dormitorio. Luego, tras un silencio breve pero incómodo, me dijo que con sus hermanas ya habían empezado el proceso de vaciar todo (la casa o el palacio o el alcázar de mi abuelo sería desmantelado y derrumbado un par de años después, para construir en ese mismo terreno tres edificios modernos de oficinas), y que en una de las estanterías del estudio encontraron una pequeña caja que él me había dejado. Una vieja caja de zapatos, me dijo, con algo adentro. ¿Quiere que la abra?

Afuera, en el pasillo, gritaban unos estudiantes escandalosos, borrachos. Le dije a mi papá que por supuesto, pero que me diera un minuto, que cerraría la puerta. Aquel momento, lo sabía pese a mi inmadurez, tenía el resplandor de una piedra negra en la lluvia.

Mi papá abrió la caja y me dijo que mi abuelo me había dejado algunas cosas: un pesado sello de presión que grababa en papel el relieve de su nombre, que también es el relieve de mi nombre; unas pequeñas cartulinas celestes, como tarjetas de negocios, con su nombre grabado en letras grises, que también es mi nombre grabado en letras grises; un último rimero de papel fino, tamaño carta, con su nombre impreso en la esquina superior izquierda, que también es mi nombre impreso en la esquina superior izquierda. Algo más me estaba diciendo mi papá, pero no le puse atención, tratando de imaginarme aquel sello, aquellas cartulinas celestes, aquel papel fino. Mi abuelo, pensé, me había dejado esas cosas porque yo era el único que aún podía usarlas, porque yo era el único otro Eduardo Halfon. Mi herencia, literalmente, textualmente, era mi nombre.

¿Y quiere que lo abra o no?, gritó mi papá con tono exasperado.

En la caja de zapatos, finalmente entendí, había algo más. Un antiguo sobre con el membrete rojo y azul del correo postal. Era la carta que yo le había escrito a mi abuelo en el verano del 81, tras aquella cena de gritos, y que había dejado olvidada en la mesa de noche.

El señor Elías estaba solo en su oficina del Edificio Elma, frente a la plaza central, terminando de cerrar con cuerdas y cinta adhesiva el fardo de papel de estraza. Pero de pronto tuvo que detenerse y servirse un trago de la botella de ron añejo que mantenía en la credencia detrás de su escritorio. Nunca olvidaría que esa fue la única vez durante todo el proceso que le temblaron incontrolablemente las manos.

Mi abuelo, el primer día del secuestro, al nomás llegar a la residencia clandestina y estar ya sin el capuchón negro, les había dicho a los guerrilleros que contactaran de inmediato al señor Elías —su contador, su viejo amigo libanés, su compañero de baño turco cada jueves en el Club Industrial—, para hacer de intermediario. Que el señor Elías, les había dicho mi abuelo, era la persona más devota y más honesta que él conocía (a diferencia, como se demostraría en las siguientes décadas, del presidente Jorge Serrano Elías, su sobrino, que huyó del país con millones de dólares robados en 1993, tras haber suspendido la constitución y disuelto el congreso y la corte suprema y fracasado en su conato de instalarse permanentemente en el poder; y a diferencia también de la vicepresidenta Roxana Baldetti Elías, su nieta, condenada a quince años de prisión en 2017, por desfalco y fraude).

El señor Elías llevaba más de un mes reuniéndose con los secuestradores. Siempre en persona. Y siempre en diferentes sitios de la ciudad. Primero recibía una llamada ahí, en su oficina del Edificio Elma, y la misma voz le indicaba lugar, día y hora inexacta. En el restaurante Fu Lu Sho, por la noche. En el bar del Hotel Ritz, a media mañana. En el parque Morazán, a media tarde. En el Pasaje Aycinena, a medianoche. En la banca izquierda de la plaza central, frente al Palacio Presidencial, en la madrugada. El señor Elías, entonces, debía llegar y esperar. Finalmente acudían dos o tres o cuatro hombres. No le decían más que un número y el señor Elías les decía que lo consultaría con la familia del secuestrado y les daría una respuesta en la próxima cita. Nada por teléfono. Nada por escrito. Nada de nombres. Nada de mirarles el rostro. Pero años después, al llegar a su oficina una mañana y abrir el periódico y ver un boletín del gobierno que ofrecía una recompensa de diez mil quetzales por información que condujera a una captura, el señor Elías reconocería el rostro taciturno y aniñado del único secuestrador que acudió a todas las citas. Era Canción.

Mery Ramírez estaba de pie en la esquina de la sexta avenida y décima calle. Llevaba puesto un vestido negro, sombrero negro, medias negras y tacones negros, tal como le habían ordenado, y sudaba bajo el sol de mediodía. Era una señora morena, regordeta, de baja estatura: vista desde arriba podría parecer un punto negro entre el raudal grisáceo de peatones del centro. Sostenía en sus manos un grueso fardo de papel de estraza (ya repleto de manchas oscuras, por la humedad de sus manos), bien cerrado con cuerdas y cinta adhesiva. Llevaba más de una hora esperando. No le habían dicho más que eso. Que a mediodía estuviera esperando en la esquina de la sexta avenida y décima calle, vestida enteramente de negro, con el fardo de papel de estraza en sus manos, porque mi abuelo así lo había solicitado. Ella, su secretaria de toda la vida, había mandado a decir mi abuelo, era la única persona en quien confiaba para hacer la entrega. Mery Ramírez sintió entonces cómo los peatones seguían empujándola, rozándola, golpeando el fardo en sus manos. Y sintió que sus piernas empezaban a ceder, a temblar un poco, por el cansancio o quizás por los nervios. Su mirada de repente se tornó borrosa y casi no vio cuando un hombre pasó arrebatándole el fardo y desapareció entre el gentío de la sexta avenida. Se quedó quieta. No sabía qué hacer. No sabía si salir corriendo tras él. No estaba segura si había sido el hombre indicado o un ladrón cualquiera. Y ahí mismo, como devorada por el mar de peatones del centro, Mery Ramírez cayó de rodillas y empezó a rezar.

✻

Cuatro guerrilleros despertaron a mi abuelo muy temprano en la mañana. No le dijeron nada. Solo patearon su catre repetidas veces hasta que él se puso de pie. Después clavaron el cañón de un revólver en su costado y lo encaminaron hacia fuera.

Apenas clareaba. Pero mi abuelo —al acostumbrarse sus ojos a la poca luz— logró notar dos cosas. Primero: en la calle, esperándolos con el motor encendido y las cuatro puertas abiertas, había un viejo Dodge Dart (El Tortugón, le decían los guerrilleros, pero ya nadie recordaba si por su color verde musgo, o si por su transitar tan difícil y parsimonioso, o si por ambas cosas). Y segundo: justo antes de que le cubrieran de nuevo el rostro con un capuchón negro y lo metieran en el asiento trasero, mi abuelo alzó la mirada y vio la silueta de un hombre trepado en el techo de la residencia donde había estado retenido; sostenía una escopeta en la mano izquierda mientras, con la derecha, desenroscaba una bombilla roja.

Condujeron lento y en silencio por la ciudad durante horas —o así le pareció a mi abuelo, custodiado en ambos lados por un guerrillero—, como si dieran vueltas en círculos para despistar a cualquiera que los estuviese siguiendo. Hasta que por fin se detuvieron.

El motor permaneció encendido. Nadie adentro se movía. Nadie hablaba. Mi abuelo aún sentía la punta del revólver en su costado. De pronto escuchó que uno de los guerrilleros abrió una puerta. Otro de los guerrilleros le quitó el capuchón negro. Otro le dio un fuerte empujón hacia afuera y mi abuelo cayó de bruces sobre una plaza de tierra seca. Y tirado ahí, en esa plaza de tierra seca bajo el puente del Trébol, mi abuelo observó cómo el Dodge Dart se alejaba sin ninguna prisa. Una sombra verde musgo entre el tráfico y bullicio de la avenida Roosevelt.

Aún esperó unos minutos más tumbado en el suelo, pero no recordaba por qué. Quizás sólo recuperando el aliento. Quizás temeroso a que el Dodge Dart diera media vuelta y los guerrilleros volviesen por él. Quizás intentando deshacerse de la sensación que lo sobrecogió, una sensación de absoluta invisibilidad: todos los transeúntes (esto no lo olvidaría) pasaban a su lado y casi encima de él sin mirarlo, sin inmutarse.

Despacio, cauteloso, se puso de pie, sacudió el polvo de sus pantalones y se fue caminando —aunque yo siempre me lo imaginé volando— los cuatro kilómetros y medio hasta llegar al portón de su casa en la avenida Reforma.

Después de treinta y cinco días de cautiverio, se había pagado un sustancial rescate (me pregunto qué habrá pasado con aquel fardo de papel de estraza, qué se habrá comprado o quién se habrá quedado con todos los billetes que estaban dentro). Mi abuelo tenía buena salud, dadas las circunstancias. Decía que, dadas las circunstancias, sus carceleros lo habían tratado con decencia. En un bolsillo del pantalón aún tenía el fajo de quetzales para los albañiles, intacto. En el meñique izquierdo aún llevaba su anillo con el diamante de tres quilates. Las dos plumas de oro se las había obsequiado a uno de los secuestradores: el más cordial (señor Halfon, le decía, contaba mi abuelo); el que compartía con él unos infumables cigarrillos de tabaco negro llamados Payasos (seis centavos la cajetilla, contaba mi abuelo); el que todas las mañanas le llevaba una oxidada cantimplora militar llena de café (un café instantáneo e insípido, contaba mi abuelo); el que le preguntaba cada noche qué quería cenar (una pizza con anchoas del restaurante Vesuvio, contaba mi abuelo); el que jugaba con él una partida de dominó por las tardes (siempre lo dejaba ganar, contaba mi abuelo, para mantenerlo contento); el que sufría de migraña crónica (contaba mi abuelo que varias veces él mismo había mandado a comprarle sales y medicinas a la farmacia); el que había negociado con él, poco a poco, el precio del rescate (mi abuelo se fastidió al conocer el monto pagado por la familia, pues había logrado negociar mucho menos con ese guerrillero). No recordaba su nombre o quizás nunca lo supo.

Decía mi abuelo que, en los primeros días del secuestro, se dio cuenta de que llevaba en el bolsillo del pantalón su libreta bancaria, y advirtió que debía deshacerse de ella lo antes posible, para así no darles a los secuestradores información financiera. Decía que pensó en esperar a que lo llevaran al baño y tirarla en el inodoro, pero que le dio pena atascar la tubería. Decía que luego pensó en romperla en pedacitos y lanzarlos en el bote de basura —a veces decía que por la ventana—, pero que temió que los secuestradores los encontraran y pegaran de vuelta. No le quedó más opción, entonces, decía mi abuelo, que comérsela.

Treinta y cinco noches había dormido en un mismo catre de madera carcomida y lona verde que olía a sudor y orina. Una lona verde que —bien lo sabía mi abuelo— el ejército les había prohibido vender a los comerciantes de telas de la ciudad. El catre había sido robado por los guerrilleros de un cuartel militar de Poptún, tras ganar un enfrentamiento en la selva petenera (Propiedad del Ejército de Guatemala, decía en esténcil negro, en la parte posterior de la lona verde). Todas las mañanas, al despertar, mi abuelo debía sacudirlo, doblarlo, cerrarlo y recostarlo contra la pared del pequeño cuarto donde estaba encerrado. Cuide bien ese cutre, le decían sus carceleros, riéndose de su broma.

Treinta y cinco noches había dormido al son de una guitarra. Lejos, en algún otro cuarto de la residencia clandestina, uno de los guerrilleros tocaba su guitarra por la noche. Mi abuelo nunca supo quién. Acaso un centinela.

Treinta y cinco noches había soñado el mismo sueño. Mi abuelo se lo contaría años después, ya cerca del final de su vida, al viejo de ojos celestes y tez beduina que alguna vez pudo leer el futuro en los granos húmedos de café (quizás por eso, porque el tío Salomón era medio brujo, decidió mi abuelo confiarle su sueño); y luego ese viejo beduino, al final de su vida, me lo contaría a mí. Cada noche del secuestro, le contó mi abuelo, soñaba con un pez nadando en una laguna o un lago. No era un pez hermoso. Ni violento. Ni colosal. Tampoco hablaba. Era sólo un pez que aparecía en sus sueños todas las noches —sin duda una hipérbole—, nadando en la superficie de una laguna o un lago. Pero después del secuestro, después de esas treinta y cinco noches, le contó mi abuelo, ya nunca más volvió a soñar con el pez. Como si el pez viviera y nadara no en una laguna o un lago, sino ahí mismo, adentro de la residencia clandestina donde mi abuelo estaba retenido. O como si, tras el secuestro, el pez ya no tuviese más sentido en la vida consciente de mi abuelo, ni en la vida subconsciente de mi abuelo, y optara por quedarse ahí, en el pasado, medio flotando en la oscuridad de esas treinta y cinco noches. El viejo beduino, entonces, le preguntó a mi abuelo cómo interpretaba aquel sueño recurrente de un pez, si creía que aquel sueño recurrente de un pez pudiese tener algún significado más oculto o profundo. Y mi abuelo, siempre lapidario, me contó el viejo beduino, sólo hizo un ademán impetuoso con la mano, como borrando del aire esa pregunta tan absurda.

Clint Eastwood apenas muerde con los labios un cigarrillo de tabaco negro. Lleva puesto un poncho marrón sobre los hombros y un elegante sombrero de cuero raído. Por su expresión seria y empolvada parece a punto de disparar. Aunque el revólver no se ve. La foto de revista está cortada a la mitad, justo debajo de su cuello. Pero mirándola de cerca, pude imaginarme perfectamente el antiguo revólver, su dedo ya sobre el gatillo, presionando el gatillo, a punto de disparar. Estiré una mano hasta colocarla sobre el retrato de ese Clint Eastwood aún joven y fumando en el desierto de alguna de sus varias películas del lejano oeste americano —*Por un puñado de dólares*, quizás, de Sergio Leone—, y empujé la puerta abatible como si estuviese empujando la puerta abatible de una cantina de vaqueros.

El baño era más pequeño de lo que recordaba, más sucio y oscuro. No había jabón ni papel higiénico. No había asiento ni tapadera en el inodoro. No salía agua del grifo. Una sola bombilla blanca titilaba en una plafonera mal puesta en el techo; a ratos se apagaba durante uno o dos segundos y daba la impresión de que ya nunca volvería a encenderse. Pero siempre se encendía. Quizás por la escasa iluminación, o quizás por los tantos tequilas, mi rostro en el espejo de pronto me pareció el rostro de alguien mucho más viejo. Le sonreí a ese viejo en el espejo. Es posible que no haya sonreído de vuelta.

Me acerqué al inodoro sin llegar a tocarlo, y cerré los ojos. Me sentía eufórico, entre lujurioso y borracho, como embarazado de tanta imagen e información. Percibí un leve mareo y me tambaleé un poco (nunca he sabido beber) y reconocí, afuera, lejos, los rumores blancos de un bar cerrando al final de la noche: copas y sillas y la sordina de voces sin trascendencia, que ya nadie escucha. Cuando volví a abrir los ojos, alcancé a ver en la penumbra que había una frase escrita a mano en la pared ante mí. Una frase de dos palabras. Una frase en tinta negra. Una frase en mayúsculas. Una frase que probablemente llevaba escrita ahí muchos años, o tal vez no.

Tenga cuidado.

El cadáver de Canción apareció en la orilla del río Suchiate.

Llevaba él un tiempo escondido en el Distrito Federal mexicano. Ahora su nombre no era Percy, ni tampoco Ramiro, sino Abraham (Abraham López Ramírez). Y ahí, en pleno centro de la ciudad, junto con otro guerrillero guatemalteco también refugiado (Ricardo Arévalo Bocaletti), había abierto una pequeña y modesta carnicería. Una vez más, Canción se disfrazó de carnicero. Una vez más, Canción les vendió cortes de carne y embutidos a las señoras del barrio. Hasta que apareció muerto en el río Suchiate.

Nunca se supo con certeza quién lo mató. Se especulaba que los policías mexicanos: a finales de marzo del 71, ellos identificaron a Abraham como Canción y lo arrestaron en la pequeña carnicería mientras trabajaba de carnicero, cuchillo en mano, aún vestido con su delantal blanco manchado de rojo. Se especulaba que los alemanes: por haber estado personalmente involucrado en el secuestro y asesinato del embajador alemán en Guatemala, Karl von Spreti. Se especulaba que la CIA: por haber estado personalmente involucrado en el asesinato del embajador estadounidense en Guatemala, John Gordon Mein. Se especulaba que alguno de sus enemigos dentro de las Fuerzas Armadas Rebeldes: uno más de los guerrilleros acusados por sus mismos compañeros —privada y públicamente— de traición y malversación de fondos y de quedarse con el dinero de los rescates, de embolsárselo, era Canción (que necesitaba ese dinero para sobrevivir, les respondía). Y se especulaba, por supuesto, que los militares guatemaltecos o el gobierno guatemalteco o la familia oligárquica guatemalteca de alguna de sus víctimas: como venganza.

Unos campesinos encontraron su cadáver flotando en la orilla del río que es frontera entre Guatemala y México. Tenía un solo balazo en la frente. Me gusta imaginar que, en el momento de morir, en el momento de recibir ese único balazo en la frente, llevaba en el bolsillo las dos plumas de oro que le había obsequiado mi abuelo, e intentó negociar su vida con ellas. A veces me lo imagino hincado y vendado y suplicando en la ladera fangosa del río Suchiate. Otras, metido en el río Suchiate hasta las rodillas, con las manos atadas detrás de la espalda, diciéndole al que sostiene la pistola ante él que por favor mire en su bolsillo, que ahí tiene un par de plumas de oro muy valiosas, un par de plumas de oro que son su más preciado trofeo de guerra. Y aun otras, Canción de pronto se vuelve cancionero en el río Suchiate y le canta a su asesino una canción triste y dulce, una canción sobre un judío libanés que antaño le obsequió a un guerrillero un par de relumbrantes plumas de oro, una última canción antes del estallido de un último balazo en la noche negra y tropical.

Se llamaba Aiko. Tenía el pelo negro y corto, los ojos negros y grandes, la piel como de vidrio. No la reconocí hasta que ella, sonrojada, aceptó ponerse de nuevo la misma mascarilla blanca que llevaba la noche anterior, en la salida del aeropuerto de Tokio.

Me gustó mucho lo que acabas de mencionar en tu discurso, dijo en un inglés correcto mientras volvía a quitarse la mascarilla. Lo de ser nieto de un libanés que no es libanés, añadió. Shakrun, le dije. Shukran, querrás decir, me corrigió y yo sólo ajusté un poco mi disfraz y ella quizás se dio cuenta porque de inmediato se lanzó a explicarme algo sobre la identidad de los libaneses. Yo sólo podía ver sus labios que apenas movía al hablar. No más de treinta, pensé. No más de veinte, pensé. No tengo ni idea, pensé ya resignado. Todo en ella se contradecía. Por ejemplo: estaba vestida con una corta falda de tela escocesa, tipo colegiala, pero al mismo tiempo le colgaban del cuello unas antiguas gafas de lectura, como de abuela. Por ejemplo: la piel de su rostro era la piel tersa y rosácea de una adolescente, pero al mismo tiempo, entre el cabello, de pronto chispeaba una cana plateada, solitaria, perdida en ese espacio tan negro. Por ejemplo: las uñas de sus pies ilusoriamente descalzos estaban pintadas de un color rojo guinda, pero al mismo tiempo tenía enganchado a su blusa blanca un gafete oficial de la universidad. Me había dicho, al presentarse, que estaba con la universidad. Así: con, with. Y yo no entendí si eso quería decir que trabajaba en la universidad o que estudiaba en la universidad o qué.

Estábamos de pie en el mismo auditorio donde era el congreso, rodeados por el público y por los otros participantes, todos también de pie a nuestro alrededor, charlando en susurros, con un vasito de café en las manos. Era media mañana. Quince minutos de receso, nos habían dicho.

Es que algo sé de la diáspora libanesa, dijo Aiko. Estoy casada con un libanés. Y alzó su mano izquierda para mostrarme la evidencia en su dedo anular o quizás para alejarme. Yo también, le dije, también alzando mi mano izquierda pero sin anillo alguno, y sintiéndome como un idiota. Aunque no con un libanés, añadí, y Aiko casi sonrió. ¿Nunca hablaste de esto con tu abuelo?, me preguntó. No, nunca, le dije, dándole un sorbo al café. Mi abuelo murió el año que yo ingresé a la universidad, le dije, y nunca tuve ni la madurez ni la curiosidad para hablar con él de su infancia en Beirut, del viaje de salida que hizo con sus hermanos, de su estadía en París, de su eventual llegada a Guatemala. Una lástima, dijo ella. Sí, una lástima. Guardamos silencio unos segundos. ¿Y tú eres de Tokio?, le pregunté y ella me dijo que estaba ahí sólo por la universidad, que su familia era originaria de Hiroshima. Voy mañana temprano, le dije. ¿A Hiroshima?, dijo algo extrañada (pronunciaba la palabra Hiroshima como aspirándola entera). Claro. ¿Tendrás un compromiso en la universidad, supongo? No, ningún compromiso, le dije, sólo quiero conocer la ciudad. Seguía ella con el ceño fruncido. ¿Y todavía tienes familia en Hiroshima? Aiko guardó silencio un momento, como sopesando su respuesta. Mi abuelo, dijo, y luego se adelantó a responder la pregunta que no me atrevía a hacer: Sí, sobrevivió a la bomba. Pero no dijo más, y yo no quise preguntar más, y sólo me quedé viendo cómo ella le daba pequeñas mordidas al borde de su vasito de cartón.

✳

Tras el receso, me volvieron a entregar el micrófono para leerle al público algunas páginas de mis libros. Tenía pensando leer (en inglés, con traductor simultáneo al japonés) cuatro fragmentos de cuatro libros distintos que narran aspectos de la vida de mi abuelo, pero sólo alcancé a leer el primer fragmento, sobre una finca de café que él había tenido en los años cincuenta o tal vez sesenta en El Tumbador, cerca de la frontera mexicana, que vendió al iniciar el conflicto armado interno entre militares y guerrilleros, y que yo nunca llegué a conocer. Al terminar la lectura, no sé por qué, quizás porque no quería leer o hablar más de mi abuelo, o quizás porque la imagen de esa finca (o de aquel conflicto armado interno) hizo una carambola y activó la imagen de otra finca, empecé a contarles la historia de un viejo ganadero guatemalteco de apellido Azzari.

Era el hijo de un italiano que había llegado a Guatemala más o menos al mismo tiempo que mi abuelo, les dije (el traductor simultáneo, aunque un tanto despistado por la carambola, continuó su trabajo con valentía). Yo lo conocí en su finca de ganado en San Juan Acul, una aldea en la sierra de los Cuchumatanes donde llevaba años produciendo queso de una receta que el padre de Azzari había traído desde su pequeño pueblo piamontés llamado Re, ubicado a pocos kilómetros de la frontera entre Suiza e Italia.

Un queso artesanal, exquisito, pero cuyo verdadero secreto no era aquella receta, me dijo Azzari, sino el buen cuidado que él le daba a sus vacas.

Me contó que en los años setenta y ochenta había existido ahí cerca un importante cuartel militar (toda esa región del país, conocida como el Ixil, fue una de las más arrasadas y devastadas durante el conflicto armado interno), y de pronto los militares del cuartel se habían enterado de que él ayudaba clandestinamente a la comunidad de indígenas de San Juan Acul. Nunca me dijo Azzari qué tipo de ayuda clandestina les había brindado a los indígenas, pero supuse que era mucho más que darles trabajo y comida. Me contó que varios miembros de la comunidad lo visitaron una tarde para advertirle que los militares llegarían a buscarlo. Una manera de decir, me dijo, para algo mucho peor. Tenga cuidado, le dijeron. Esa misma noche, entonces, Azzari huyó de la finca con todo su rebaño. No me explicó cómo hizo para transportar a tantas vacas, si caminando o a caballo o acaso en varios camiones o vagones, pero me gusta más imaginármelo a pie en las montañas de los Cuchumatanes con una manada de enormes vacas blancas y negras: guiándolas, arreándolas, acariciándolas, susurrándoles palabras de ánimo para alejarlas del peligro (varias vacas, sin duda descendientes de aquel rebaño cardinal, merodeaban y pastaban en la pradera de-

lante de nosotros). Y al día siguiente de su huida, a
las seis de la madrugada, me contó Azzari, mientras
él y sus vacas caminaban medio perdidos por las
montañas, más de cien militares entraron a San Juan
Acul con un hombre indígena encapuchado de negro.
Pero no obstante ese pasamontañas negro cubrién-
dole el rostro, todos en el pueblo lo reconocieron de
inmediato. Era un amigo de mi hijo, me dijo Azzari.
De niños jugaban juntos, me dijo Azzari. Los militares lo habían amenazado de muerte si él no les decía
quiénes del pueblo eran colaboradores de la guerrilla.
Y todos los hombres de San Juan Acul, entonces, fueron desfilando de uno en uno ante su compañero encapuchado de negro, parado como un verdugo en la
plaza del pueblo, enfrente de la iglesia. Éste al cielo,
decía el encapuchado, y ese hombre se salvaba. Éste
al infierno, decía el encapuchado, y a ese hombre lo
apartaban los militares. Al final dieciocho hombres
fueron señalados y apartados hacia el infierno; dieciocho hombres fueron desnudados y tumbados boca
abajo en el suelo; dieciocho hombres fueron tapados
con tierra y ramas y hojas secas; y dieciocho hombres, tras las órdenes del comandante militar, fueron
pisoteados por los demás hombres de San Juan Acul,
es decir, por sus propios amigos y hermanos. Luego
los militares colocaron a los dieciocho hombres des-
nudos y mallugados frente a una fosa común y, con

el resto del pueblo observando, con amigos y familiares como público, empezaron a asesinarlos. Un solo balazo en la cabeza. De uno en uno. Los dieciocho fueron cayendo en aquel hoyo negro en la tierra hasta llenarlo de brazos y piernas y hombres. Pero varios seguían medio vivos, aullando en el fondo, y entonces uno de los soldados brincó hacia abajo y les ensartó su machete en el cuello. La masacre había concluido. No era aún mediodía. Azzari guardó silencio y dejó que ese silencio se extendiera entre nosotros como una sábana sucia en la brisa. Luego me dijo que, días o semanas después de su huida, él finalmente llegó con su rebaño de vacas a una granja de un amigo, en las afueras de la capital. Había sido una travesía larga y complicada. Y ya ahí, ya a salvo, le informaron que, al día siguiente de su huida, aquellos mismos militares efectivamente habían ido a buscarlo a la casa de su finca de San Juan Acul, y la habían quemado.

Aiko me estaba esperando en la puerta del auditorio y caminamos juntos al restaurante de la universidad, nos sentamos juntos en la mesa larga y concurrida, ignoramos durante todo el almuerzo de ramen a los demás escritores libaneses y académicos japoneses, hablamos en susurros de nuestras vidas y de nuestras parejas (la suya vivía lejos, me dijo, en Beirut; la mía, le dije, vivía en todas partes) mientras yo sentía o creía sentir o me hubiera gustado sentir que, debajo de la mesa, en secreto, con sigilo, nuestros muslos no dejaban de rozarse.

❊

En la piel de mi abuelo quedó su kimono.

La cafetería estaba ubicada a un par de cuadras de la universidad, en una antigua casa de madera que parecía a punto de ser engullida por tanto edificio y tanta modernidad. Pero se resiste, me había dicho Aiko cuando entramos. Estábamos sentados en dos taburetes de metal y vinilo corinto, ante un largo mostrador de mármol grisáceo, frío, con manchas de café y tabaco y quién sabe qué más. Del otro lado del mostrador, un señor de pelo blanco y alborotado nos preparó el café con un artilugio que yo no había visto jamás, una especie de sifón cilíndrico que goteaba hacia un sifón redondo más pequeño, y que daba la impresión de un laboratorio de química. Y el señor de pelo alborotado, entonces, con mandil blanco y guantes blancos, era el científico loco.

Me había dicho Aiko, al terminar de almorzar, que prefería tomar el café ahí, que ése era su lugar favorito cuando quería estar sola, que teníamos un poco de tiempo antes de que iniciaran los conversatorios de la tarde.

Sólo una vez vi las quemaduras en la espalda de mi abuelo, dijo.

La taza de café humeaba en sus manos. Sus deditos de guinda no llegaban al suelo.

Una mañana, dijo, cuando yo era niña, él me llevó a nadar bajo un puente del río Ota, cerca de su casa. Íbamos solos, tomados de la mano. Al llegar, mi abuelo me sentó en la ladera del río y caminó hacia el agua y se quitó la bata delante de mí, de espaldas a mí. Yo era muy niña, entendía poco, pero aún recuerdo bien el patrón de quemadura en su espalda. Era como si tuviera su kimono estampado sobre la piel, o como si alguien le hubiese dibujado la tela de su kimono sobre la piel. Algo así. No entendí por qué mi abuelo llevaba su kimono en la piel. Sólo entendí que esas cicatrices en su espalda eran iguales al tejido de sus kimonos, unos kimonos que yo conocía perfectamente. Pero no le dije nada, ni le pregunté nada. Tampoco sentí miedo. Sólo me desvestí y nadé con mi abuelo en el río. Esa noche, le pregunté a mi madre y ella me explicó un poco, no mucho, supongo que para no asustarme. Las telas blancas, me dijo mi madre, repelían el calor de la bomba. Las telas oscuras lo absorbían y lo conducían a la piel. El kimono de mi abuelo era negro.

Entró un anciano a la cafetería y se sentó al lado de Aiko, saludándola como si se conocieran, y a mí me pareció que el anciano llegaba a sentarse todos los días a ese mismo taburete, a esa misma hora de la tarde.

Yo era sólo una niña, susurró Aiko, su rodilla desnuda por momentos tocando la mía (¿o me lo estaba imaginando?). Pero aquella noche entendí a mi abuelo. Entendí el porqué de su silencio. Entendí que la bomba había marcado para siempre su piel no con cualquier prenda de vestir, no con una camisa o un saco, sino con uno de los kimonos tradicionales que había heredado de su padre y su abuelo, y que ya ni siquiera existía. La bomba lo había incinerado, dijo Aiko. O más bien la bomba se lo había metido en la piel.

El señor de pelo alborotado se acercó a nosotros con el sifón de café en la mano; sin preguntar, volvió a llenar nuestras tazas. Al lado de Aiko, el anciano tenía la cabeza volteada hacia mí y me miraba directamente.

Hibakusha, dijo Aiko. Quiere decir persona bombardeada, dijo. Así se les dice a los sobrevivientes de la bomba, a veces con desprecio y discriminación. Pero se desprecia y discrimina no sólo a los sobrevivientes, sino también a nosotros, a sus hijos y nietos, debido al miedo a los posibles efectos de la radiación.

Por eso mi abuelo nunca habla de aquel día, dijo, y nunca muestra sus cicatrices en público.

Iba a decirle que entendía bien el silencio de un abuelo sobreviviente, que entendía bien las marcas que ellos luego llevan en la piel durante el resto de su vida. Pero sólo me terminé el café en aquel espacio cómodo, grato, casi familiar.

Estábamos de pie, ya por marcharnos de regreso a la universidad, cuando el anciano le dijo algo a Aiko desde su taburete, y ellos dos se quedaron hablando en japonés. Pero el anciano, mientras hablaba con Aiko, no dejaba de observarme. Su mirada no me pareció juiciosa ni displicente, sino la mirada indiscreta y sincera de un niño. Quiere saber si te sientes bien, me dijo Aiko. Es médico, me dijo. O era médico. No entendí la intención de su pregunta pero le dije que sí, que me sentía muy bien, gracias. El anciano sonrió con gentileza y volvió a decir algo. Dice él que no quiere molestar, me dijo Aiko, pero pregunta si le permites tomarte los pulsos. De nuevo no entendí por qué, pero tampoco me importó, y le dije que por supuesto. El anciano se giró hacia mí, colocó tres dedos en el dorso de mi muñeca izquierda y se quedó así, con los ojos semicerrados. Tenía la piel escamosa, las uñas largas y afiladas. Recuerdo que me sorprendió su tacto firme y a la vez exiguo. ¿Por qué pulsos, en plural?, le pregunté a Aiko en un susurro, como para no interrumpir la concentración del anciano. Según la medicina oriental, me dijo ella también en un susurro, tenemos veintinueve pulsos distintos. El anciano dijo algo breve en japonés. Dice, me dijo Aiko, que detecta un pulso como de una cuerda de arco, no sé bien cómo traducir la palabra. Xianmai, dijo el anciano, sus dedos aún en mi muñeca (o tal vez no). Xianmai, se llama ese pulso, dijo Aiko. Luego el anciano dijo algo en japonés mientras repetía un movimiento extraño con su otra mano. Dice, me dijo Aiko, que el ritmo de tu pulso es largo y tenso, como la cuerda de un instrumento musical. Ai, dijo el anciano, aún estirando esa cuerda invisible en el aire. Bien, le dije, ¿y eso qué significa? Ellos se quedaron hablando unos segundos. Pregunta él si has tenido recientemente un dolor agudo en el abdomen, y yo le dije que sí, a veces. Pregunta él si has estado más cansado que de costumbre, y yo le dije que sí, por las mañanas. Pregunta él si has sufrido recientemente algún golpe en el vientre, y yo le dije que no o que no creía (mucho después recordé Bruselas). El anciano volvió a decir algo. Dice, me dijo Aiko, que este tipo de pulso puede significar un desequilibrio en la armonía de tu hígado o bazo, un desequilibrio que él ya había visto reflejado en el color de tus ojos y en el tono de tu piel.

Guardé silencio, entre escéptico y asustado, supongo. Pero no sé si asustado por el anciano mismo o por aquello que, sin decirlo explícitamente, me estaba vaticinando. No era posible diagnosticar todo eso a través del simple tacto de un pulso. ¿O sí?

El anciano de pronto dijo algo conciso, categórico, como un punto final o un dictamen final, y soltó mi muñeca. Pero Aiko sólo dio las gracias y se despidió y me empujó hacia la puerta de salida.

Delante de nosotros caminaba un monje budista. Llevaba puesta una túnica color salmón y unos zuecos de madera y se protegía de la intemperie o del cosmos bajo un paraguas de papel blanco y bambú. Yo estaba seguro de que verlo en ese momento, ahí, delante de nosotros, casi dirigiéndonos de regreso a la universidad, era señal de algo. Nos detuvimos en una intersección, al lado del monje budista, y yo aproveché para preguntarle a Aiko qué había dicho el anciano al final, antes de soltarme la muñeca. Ella no me respondió. O acaso sí me respondió y yo no logré oírla a través de su mascarilla. Tuve que pedirle que por favor se la quitara antes de preguntarle de nuevo qué había dicho el anciano. Nada importante, dijo, bien escondida detrás de la cortina de su fleco.

En la tarde, durante una tediosa mesa redonda sobre las distintas ocupaciones históricas que había sufrido el territorio libanés (romanos, otomanos, franceses, sirios), y los distintos y complicados nombres que sus ocupadores le habían otorgado (Emirato del Monte Líbano, Mutasarrifate del Monte Líbano, Estado sirio federado del Gran Líbano, Reino Árabe Unido de Siria, y por fin, oficialmente, República Libanesa), yo me quedé medio dormido y sólo hablé en una ocasión. El moderador japonés me despertó de mi siesta para preguntarme qué me había parecido Beirut, la ciudad de mi abuelo, la ciudad de mis ancestros, y yo tomé el micrófono y le dije que jamás había estado en Beirut. Pero sí muy cerca, dije, en Israel. Alguien del público tosió. Dos veces, añadí ante el silencio absoluto en el auditorio. Una, para la boda ultraortodoxa de mi hermana menor, en Jerusalén. Y la otra, cuando tenía veinte años, para participar en una especie de olimpiada de judíos de todo el mundo, llamada Juegos Macabeos, como parte de un equipo de baloncesto de judíos guatemaltecos. Un equipo circense, dije, vodeviliano, de barrigones y calvos y niños torpes y ancianos en vendajes y andador. Y es que casi no hay judíos guatemaltecos (cien familias, se suele decir), mucho menos judíos guatemaltecos que sepan driblar un balón con la mano izquierda. Alguien del público volvió a toser. No ganamos ni un solo juego, dije. Pero casi me agarro a trompadas a medio partido con un jugador búlgaro, por estarse burlando de nosotros. Y solté el micrófono con énfasis.

A mi alrededor, algunas frentes libanesas seguían fruncidas. Yo me eché para atrás y crucé los brazos y en lo último que pensé —antes de volver a mi siesta— fue que todos los rostros japoneses en el público parecían los rostros impávidos de un museo de cera.

Otro receso a media tarde. Otros quince minutos con Aiko. Posiblemente los últimos quince minutos a solas con ella antes de los últimos dos eventos, se me ocurrió mientras la veía caminar hacia mí en su uniforme de colegiala. Traía dos cafés en las manos, y me entregó uno. Yo necesitaba fumar. Necesito conseguir un cigarrillo, le dije, y Aiko de inmediato se volteó hacia un señor que estaba de pie a su lado, le dijo algo en japonés y el señor me extendió paquete y encendedor. Era un paquete pequeño, color verde manzana, con el dibujo de dos murciélagos dorados. Golden

Bat, en letras del mismo dorado. Le agradecí en inglés y el señor sólo inclinó levemente la cabeza. Puedes fumar aquí afuera, en el pasillo, dijo Aiko, y me tomó suave del brazo, guiándome como a un ciego.

El pasillo estaba ruidoso, caliente, ahumado, lleno de fumadores. Caminamos hasta el fondo, buscando inútilmente un poco de privacidad, hasta llegar a una pileta rectangular hecha de cemento. Vi que abajo, en el agua oscura, nadaba un koi solitario, largo, blanco y amarillo.

Aiko parecía nerviosa. Se paró de puntillas para acercarse a mí y me preguntó (sus labios casi en mi mejilla) cuántos días pensaba quedarme en Hiroshima, y yo (su mejilla casi en mis labios) le dije que no estaba seguro, que unos cuantos, porque luego quería visitar Kioto, conocer el mercado de Kioto, pasar la noche en uno de los templos budistas. Aiko me preguntó (sus dedos casi en mi antebrazo) si me interesaba ver una escuela primaria de Hiroshima, o los restos de una escuela primaria de Hiroshima, ubicada a menos de medio kilómetro del punto donde había detonado la bomba, y yo (mis dedos casi en su hombro) le dije que por supuesto. Aiko me preguntó (su aliento tibio en mi cuello) a qué hora salía mi tren al día siguiente, y yo (mi aliento en su cuello tibio) le dije que muy temprano. Aiko guardó silencio un momento. Luego sus mejillas se encendieron escarlata y su mirada se puso muy triste y a mí me pareció que estaba a punto de ponerse a llorar ahí mismo, entre tantos fumadores, al lado del koi blanco y amarillo. Y sin pensarlo me acerqué a ella, quizás para abrazarla o consolarla (sus pechos casi rozando mi pecho), quizás sólo porque quería sentirla más cerca (su sexo casi acariciando el mío), y Aiko instintivamente se echó para atrás, como defendiéndose ante mi indiscreción. Balbuceé unas palabras torpes y me distancié un poco (se evaporaron los sexos y los pechos y los labios y la tibieza de los alientos). Ella, su mirada negra hacia abajo, sacudió la cabeza una sola vez, dócilmente, acaso diciéndome que no con ese único movimiento. Luego se volvió a poner de puntillas y yo estaba seguro de que quería decirme algo más, algo importante, o algo etéreo, o algo menudo y frágil como un cenzontle, o algo cálido para derretir ese pesado bloque de hielo que yo había colocado entre nosotros, cuando de pronto el jerarca japonés salió al pasillo y nos anunció a los fumadores que estaba por empezar el penúltimo evento de la tarde.

Todos entraron, salvo nosotros dos. El pasillo, ahora, se me hizo enorme.

Aiko dio un paso tímido hacia mí. Se quedó quieta, seria, en silencio. Sus ojos me parecieron aún más negros. Pensé que estaba sentida por mi indiscreción, o que estaba esperando a que yo le dijera algo primero, acaso unas palabras sobre mi viaje del día siguiente a Hiroshima. Pero no pude decir nada. Ella estiró una mano hacia mí y la colocó suave en mi abdomen y, con un tono de voz que juzgué más urgente o desesperado, me dijo que por favor la acompañara, que quería mostrarme un tatami antiguo, hecho de paja de arroz y tejido con la fibra natural de una planta llamada igusa, que mantenían en un salón privado en el fondo de la biblioteca.

Al final de la tarde, durante el último conversatorio que incluía a todos los invitados, mi disfraz libanés empezó a deshilarse, a perder su brillo.

Primero uno de los participantes, un viejo novelista de Trípoli, me acusó de impostor. O al menos esa palabra usó el traductor simultáneo, sentado a mi izquierda en el escenario. Impostor, en inglés. Yo no entendí si el viejo novelista lo había dicho en broma o en serio y, sonriendo, le dije que todo escritor de ficción es un impostor. Luego, un periodista con saco y corbata comentó solemne —sin verme— que no había entendido qué sentido tenía relatar ahí, en un congreso de libaneses, la historia de un ganadero guatemalteco y su rebaño de vacas. Una académica literaria ya mayor brincó a defenderme, más o menos, diciéndole al periodista —también sin verme y hablando de mí como si no estuviese presente— que lo mismo hacía Halfon cuando escribía, que todas sus historias parecían extraviarse y no llegar a ninguna parte. Yo no dije nada, aunque pude haber dicho esto: el fotógrafo Cartier-Bresson, para determinar el valor artístico de una de sus imágenes, siempre la volteaba de cabeza y la miraba al revés. O pude haber dicho esto: las mejores historias, como sabía Verdi, se escriben en escala de La bemol mayor. Luego, una poeta joven de Beirut me preguntó directamente si en alguna ocasión había intentado visitar Líbano, y cuando le dije que no, que no era un viaje fácil para un judío, ella puso cara de asco y me preguntó si en alguna ocasión al menos había contemplado la posibilidad de visitar Líbano. Iba a responderle que sí, que varias veces, cuando el moderador japonés alcanzó el micrófono como para salvarme y abrió el foro a preguntas del público. Una señora japonesa pidió la palabra y, tratando de hacerlo con discreción, preguntó en inglés por qué algunos de los escritores ahí presentes no eran del todo libaneses, que qué criterio habían usado los organizadores del evento para elegir a los invitados. El jerarca japonés, desde el público, tomó el micrófono y dijo algo sobre la diversidad de la identidad libanesa, no limitada a un país ni a una lengua. Sentado a mi derecha, un famoso escritor brasileño, aunque nacido en Beirut, se me acercó y murmuró en mi oído que cada libanés se inventa un Líbano personal porque Líbano como país en realidad no existe, y a mí se me ocurrió que lo mismo podría decirse de cada guatemalteco. Algunos escritores del conversatorio estaban ya comentando algo en árabe, obviamente en desacuerdo con el jerarca, y aunque el traductor simultáneo me lo fue traduciendo en susurros, yo decidí que era mejor ya no poner atención y me quedé mirando hacia el único ventanal del auditorio: un ventanal inmenso, con vista panorámica de la ciudad (justo delante del vidrio, advertí, estaba parado el globo blanquinegro, siempre con su uniforme de chofer y con las manos detrás de la espalda pero ahora luciendo una ligera expresión de regodeo o de venganza, y quizás sólo esperando a que todo terminara para llevarme a algún lugar lejos de ahí). El famoso escritor brasileño, a mi lado, me daba palmaditas en el antebrazo, como con misericordia y solidaridad. Los demás continuaban discutiendo en árabe, cada vez más recio, algunos hasta señalándome con el dedo, y yo seguía viendo la ciudad por el ventanal. Pero poco a poco, con los gritos en árabe aumentando y las miradas del público incinerándome (o eso percibí), empecé a sentir una necesidad apremiante no sólo de explicarme, sino también de defenderme ante tanta sospecha y acusación. La poeta de

Beirut estaba gesticulando y gritando algo en árabe —acaso alguno de sus poemas— cuando yo empecé a hablar sin siquiera haber pedido la palabra o buscado el micrófono.

Hablé de mi abuelo. Hablé de la casa de mi abuelo. Hablé de los hermanos de mi abuelo. Hablé del negocio en París de mi abuelo. Hablé del hijo primogénito de mi abuelo. Hablé del secuestro de mi abuelo. Hablé de uno de los secuestradores de mi abuelo. Hablé de la muerte de mi abuelo. Hablé cosas de mi abuelo que me fui inventando ahí mismo. Todo me lo fui inventando ahí mismo. Pero no me importaba. Ya no me importaba qué estaba diciendo de mi abuelo, si aquello que estaba diciendo de mi abuelo era verídico o aun relevante, sino más bien no parar de hablar de él, y así no permitir que mis compatriotas y colegas recuperaran la palabra y siguieran acusándome de impostor y de traidor y de quién sabe qué más. Varias veces alguno quiso interrumpirme o detenerme, pero sólo seguí hablando recio de mi abuelo. Y hablé más de mi abuelo. Y yo seguía hablando de mi abuelo cuando noté que el inmenso ventanal ya se había oscurecido, y que del otro lado las luces blancas de Tokio iluminaban la noche, y que en el reflejo las lentejuelas doradas de mi disfraz de nuevo empezaban a brillar.

«O la encuentras pronto o no la encuentras nunca.»
VITTORIO DE SICA

Desde LIBROS DEL ASTEROIDE queremos agradecerle el tiempo
que ha dedicado a la lectura de *Canción*.
Esperamos que el libro le haya gustado y le animamos
a que, si así ha sido, lo recomiende a otro lector.

Al final de este volumen nos permitimos proponerle otros títulos de
nuestra colección.

Queremos animarle también a que nos visite en
www.librosdelasteroide.com y en nuestros perfiles de Facebook, Twitter
e Instagram, donde encontrará información completa y detallada sobre
todas nuestras publicaciones y podrá ponerse en contacto con nosotros
para hacernos llegar sus opiniones y sugerencias.
Le esperamos.

«El héroe de la obra de Halfon se deleita en la globalización risible de hoy, pero reconoce que lo que adoptamos de otras partes nos hace quienes somos.»
(The New York Times)

«Un libro que rasca la idea de pertenencia como si fuese una costra.»
(The Guardian)

«Profundamente cercano, profundamente conmovedor.»
(Los Angeles Times)

«Una novela cien por cien Halfon, es decir, un ejercicio de sencillez y un deleite para la sensibilidad.»
Ascensión Rivas (El Cultural)

«Eduardo Halfon ha escrito una bellísima cantata, una delicada novela, en no más de cien páginas. No sobra ninguna.»
Javier Goñi (Babelia)

«Libro sublime. Lo acabé con muchas ganas de ser judío. La historia de Salomón es una de las más bellas y dolientes que leí en los últimos tiempos.»
J. Ernesto Ayala-Dip

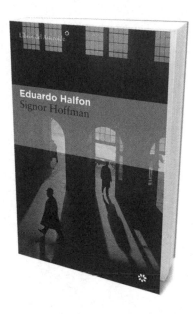

«Es escribir lo que ayuda a profundizar en los abismos de la existencia. Halfon, por razones de conveniencia y oficio, lo tiene claro. Y lo hace de manera magistral, precisa. En sus libros ni faltan ni sobran las palabras.»
Luis M. Alonso (La Nueva España)

«Un puzzle de lealtad a la literatura y a la propia vida.»
Sonia Fides (Heraldo de Aragón)

«Eduardo Halfon es uno de esos escasísimos escritores que no necesitan escribir largo para decir mucho.»
Lire